かわいい幼《おさな》なじみくんにはウラがある⁉

碧井《あおい》こなつ・著　しろこ・絵

野いちごジュニア文庫

「りりちゃん、ネクタイちゃんと結《むす》べてる？」

「ううん、結《むす》べてないよ。あとで直《なお》してあげるね」

「今日《きょう》はりりちゃんのベッドで、寝《ね》てもいい？」

「自分《じぶん》の部屋《へや》で寝《ね》なさいっ!!」


……これは、弟《おとうと》との会話《かいわ》ではありません。

隣《となり》に住《す》む幼《おさな》なじみとの会話《かいわ》です。

きょうだいみたいな〝かわいい幼《おさな》なじみ〟だったはず、なのに――。


「りり花《か》は、俺《おれ》が本当《ほんとう》に昔《むかし》のまま変《か》わってないと思《おも》ってるの？　俺《おれ》、好《す》きな子《こ》とキスだってなんだってしたい普通《ふつう》の男《おとこ》だよ？」

「俺《おれ》が本気《ほんき》だしたら、りりちゃんは困《こま》るよ、きっと」

「……りり花《か》のことなんて大嫌《だいきら》い」

ある日《ひ》、ひょう変《へん》……。もう、ヤダ……。

かわいい幼なじみ♂《くん》にはウラがある!?

人物紹介《じんぶつしょうかい》

中《ちゅう》2

如月《きさらぎ》 玲音《れおん》

りり花《か》のお隣《となり》さん&幼《おさな》なじみで、同《おな》じ学校《がっこう》の同級生《どうきゅうせい》。イケメンでなんでもできるモテモテ男子《だんし》。とにかくりり花《か》のことが大好《だいす》き!

中《ちゅう》2

吉川《よしかわ》 りり花《か》

しっかり者《もの》の女《おんな》の子《こ》。小《ちい》さいころから空手《からて》を習《なら》う武闘派《ぶとうは》! 隣《となり》に住《す》む幼《おさな》なじみの玲音《れおん》をお世話《せわ》するのが日課《にっか》だったけれど…?

玲音《れおん》の恋敵《ライバル》!?

流山《ながれやま》 颯大《そうた》

りり花《か》が幼《おさな》いころ一緒《いっしょ》に空手《からて》を習《なら》っていた、ひとつ年上《としうえ》のさわやか男子《だんし》。りり花《か》が唯一《ゆいいつ》勝《か》てなかった相手《あいて》。

成海《なるみ》 沙耶《さや》

りり花《か》と同《おな》じクラスの、恋《こい》バナ好《ず》きな親友《しんゆう》。りり花《か》が玲音《れおん》を甘《あま》やかしすぎなことを心配《しんぱい》している。

畠山《はたけやま》紗栄子《さえこ》

玲音《れおん》が所属《しょぞく》するサッカー部《ぶ》のマネージャー。玲音《れおん》のことが好《す》き…？

あらすじ
私《わたし》、中《ちゅう》2のりり花《か》。
隣《となり》に住《す》む幼《おさな》なじみ・玲音《れおん》のお世話《せわ》で毎日大忙《まいにちおおいそが》し！
まるで本当《ほんとう》の弟《おとうと》みたいになついていた玲音《れおん》だけど…
最近《さいきん》なんだか、様子《ようす》がおかしい…？

ヤキモチやいてきたかと思《おも》えば
すごく大人《おとな》びて見《み》える時《とき》もあって…
小《ちい》さいころのまま
だと思《おも》ってる？
かわいかった玲音《れおん》が
溺愛《できあい》モードに
キャラ変《へん》して
大《だい》ピンチ!!
…のはずなのに。
私《わたし》、なんでドキドキしてるの――？
続《つづ》きは本文《ほんぶん》を読《よ》んでね！

もくじ

かわいい幼《おさな》なじみ

キラキラと朝日《あさひ》が窓《まど》から差《さ》しこむ月曜日《げつようび》の朝《あさ》。

朝《あさ》ごはんを食《た》べながら、幼《おさな》なじみの如月玲音《きさらぎれおん》が首《くび》をかしげる。

「ねぇ、りりちゃん。昨日《きのう》、三組《さんくみ》の山本《やまもと》さんに告白《こくはく》された。どうしたらいいと思《おも》う？」

すらりと背《せ》が高《たか》くて、大《おお》きな瞳《ひとみ》にすっと整《ととの》った顔立《かおだ》ちをしている玲音《れおん》は、成績優秀《せいせきゆうしゅう》で運動神経《うんどうしんけい》もばつぐん。

性格《せいかく》も優《やさ》しくて、女《おんな》の子《こ》にすごくモテる。

そんな玲音《れおん》は私《わたし》と同《おな》じ中学二年生《ちゅうがくにねんせい》。

「そういうことは自分《じぶん》で決《き》めないとダメだよ。わわっ、もうこんな時間《じかん》！　玲音《れおん》、早《はや》くご飯《はん》食《た》べて！」

時計《とけい》を見《み》ると、バスの時間《じかん》ギリギリッ。

「あー、こんなことなら、りりちゃんちに泊《と》まればよかった」

玲音《れおん》はまだのんびりと目玉焼《めだまや》きをつついている。

「**玲音《れおん》、急《いそ》いで！**」

このままだと本当《ほんとう》に遅刻《ちこく》しちゃう。

「えっ⁉　りりちゃん、先《さき》に行《い》っちゃうの?!」

「ごめんね、先《さき》に行《い》く！　家《いえ》のカギ、よろしくねっ！」

バタンとドアを閉《し》めると、

「りりちゃん、待《ま》って……」

ドアの向《む》こうから情《なさ》けない玲音《れおん》の声《こえ》が聞《き》こえてきた。

学校《がっこう》ではモテモテの玲音《れおん》だけど、中身《なかみ》は小《ちい》さいころのまま変《か》わらない。

玲音《れおん》を残《のこ》して、急《いそ》ぎ足《あし》でバス停《てい》へ向《む》かった。

私《わたし》、吉川《よしかわ》りり花《か》、十三歳《じゅうさんさい》。この春《はる》、中学二年生《ちゅうがくにねんせい》になった。

バス停《てい》につくと、すぐに玲音《れおん》がやって来《き》た。

「玲音《れおん》、早《はや》いね⁉」

「ほら、俺《おれ》、やればできる子《こ》だから」

「それなら最初《さいしょ》からがんばって」

すると、玲音《れおん》が私《わたし》の耳元《みみもと》に顔《かお》を近《ちか》づける。

「俺《おれ》が本気《ほんき》だしたら、りりちゃんは困《こま》るよ、きっと」

「どうして？」

「どうしてだろうね」

にっこりと笑《わら》った玲音《れおん》に、首《くび》をかしげた。

バスに乗《の》りこむと、女《おんな》の子《こ》たちの視線《しせん》がいっせいに玲音《れおん》に注《そそ》がれる。

玲音《れおん》、目立《めだ》つからなぁ。

すらりと背《せ》の高《たか》い玲音《れおん》は琥珀色《こはくいろ》の髪《かみ》をゆらして外《そと》の景色《けしき》をながめている。

「りりちゃん、今度《こんど》、サッカー部《ぶ》の試合《しあい》があるんだけどさ……」

「試合《しあい》？」

玲音《れおん》に顔《かお》を向《む》けると、お母《かあ》さんに抱《だ》っこされた小《ちい》さな女《おんな》の子《こ》と目《め》が合《あ》った。

うわあ、かわいい♡　二歳《にさい》くらいかなぁ……。

ぎゅうぎゅうのバスのなかで、今《いま》にも泣《な》きそうな顔《かお》をしている。

にっこりと笑《わら》いかけると、その子《こ》の顔《かお》がふにゃっとほころんだ。

わーんっ！　とってもかわいいっ！

「りりちゃんって小《ちい》さい子《こ》、大好《だいす》きだよね」

「うん、大好《だいす》きっ」

肩《かた》をすくめる玲音《れおん》に、うんうんとうなずいた。

そういえば玲音《れおん》が隣《となり》に引《ひ》っ越《こ》してきたときは、弟《おとうと》ができたみたいですごくうれしかった。

隣《となり》であくびをしている玲音《れおん》を見《み》あげる。

クルクルだった髪《かみ》の毛《け》はまっすぐになっちゃったけれど、琥珀色《こはくいろ》のやわらかい髪《かみ》も、大《おお》きな瞳《ひとみ》も、私《わたし》の名前《なまえ》を呼《よ》んで追《お》いかけてくるところも、あのころのまま。

小《ちい》さいころは玲音《れおん》の着替《きが》えを手伝《てつだ》って、玲音《れおん》の手《て》を引《ひ》いて保育園《ほいくえん》に通《かよ》った。

水《みず》を怖《こわ》がる玲音《れおん》をあやしながら髪《かみ》の毛《け》を洗《あら》ったり、雨《あめ》の音《おと》におびえる玲音《れおん》をぎゅっと抱《だ》きしめて眠《ねむ》ったり。

すっかり玲音《れおん》のお母《かあ》さん気分《きぶん》だった。

「りりちゃん、ネクタイちゃんと結《むす》べてる？」

「ううん、結《むす》べてないよ。あとで直《なお》してあげるね」

玲音《れおん》の首元《くびもと》には、ネクタイがだらしなくぶらさがっている。

お母《かあ》さん気分《きぶん》は、今《いま》も変《か》わらないかな。

事情《じじょう》があって、玲音《れおん》は幼《おさな》いころからお母《かあ》さんと離《はな》れて暮《く》らしている。

お隣同士《となりどうし》ということもあって、保育園《ほいくえん》のころから玲音《れおん》は朝《あさ》ごはんも夕《ゆう》ご飯《はん》もうちで食《た》べるようになった。

今《いま》でも、玲音《れおん》のお父《とう》さんが家《いえ》に帰《かえ》ってくるまで一緒《いっしょ》に過《す》ごす。

玲音《れおん》のお世話《せわ》をするのが当《あ》たり前《まえ》だと思《おも》っていたけど。

よく考《かんが》えると、私《わたし》より玲音《れおん》のほうが勉強《べんきょう》もできるし運動《うんどう》も得意《とくい》。

どうして私《わたし》が玲音《れおん》の面倒《めんどう》みてるんだろう？

そんなことを考《かんが》えながら、バスを降《お》りると。

「りり花《か》あぶないっ!!」

突然《とつぜん》さけんだ玲音《れおん》に、腕《うで》を引《ひ》っぱられた。

いきおいあまって玲音《れおん》の胸《むね》に顔《かお》をうずめる。

「っつ?!」

すると目《め》の前《まえ》をけたたましくベルを鳴《な》らしながら、自転車《じてんしゃ》が去《さ》っていった。

び、びっくりした……。

「りり花《か》、大丈夫《だいじょうぶ》？」

「う、うん」

「歩道《ほどう》なのにあんなにスピードだして……ダメだろ」

玲音《れおん》がけわしい顔《かお》をして自転車《じてんしゃ》をにらみつけている。

「とにかく、りり花《か》が無事《ぶじ》でよかった」

見《み》あげると、玲音《れおん》のやわらかいまなざしに包《つつ》まれた。

あ、あれ？　なんだか、玲音《れおん》が大人《おとな》の男《おとこ》のひとみたい……。

とまどっていると、玲音《れおん》が私《わたし》をふりかえる。

「りりちゃん、今日《きょう》の夕飯《ゆうはん》は？」

「鶏《とり》のからあげだよ」

「やったあ！」

喜《よろこ》んで飛《と》びついてきた玲音《れおん》は小《ちい》さいころのまま。

さっき、すごく大人《おとな》びて見《み》えたのは気《き》のせいだったのかな？

バスを降《お》りて校門《こうもん》へと続《つづ》く歩道《ほどう》を玲音《れおん》と歩《ある》いていると、下級生《かきゅうせい》の女《おんな》の子《こ》たちがモジモジと近《ちか》づいてきた。

耳《みみ》まで真《ま》っ赤《か》になってるけど、どうしたんだろう？

「あ、あのっ、突然《とつぜん》すみません。き、如月先輩《きさらぎせんぱい》と吉川先輩《よしかわせんぱい》は、つ、つきあってるんですか？」

「……え？」

玲音《れおん》と顔《かお》を見《み》あわせて、吹《ふ》きだした。

「私《わたし》たちは、ただの幼《おさな》なじみだよ」

そう伝《つた》えると、玲音《れおん》も続《つづ》ける。

「そうそう、俺《おれ》とりりちゃんはね、毎日一緒《まいにちいっしょ》にご飯《はん》を食《た》べて、毎朝一緒《まいあさいっしょ》に登校《とうこう》して、ときどき一緒《いっしょ》のお風呂《ふろ》に入《はい》って、たまにりりちゃんのベッドで朝《あさ》まで一緒《いっしょ》に眠《ねむ》るだけだよ」

「い、一緒《いっしょ》の、お、お風呂《ふろ》……？　そ、それってどういうことですか？」

「そのままの意味《いみ》だよ」

「は!?」

うれしそうに答《こた》えた玲音《れおん》の胸《むな》ぐらをつかむ。

「ちょっと！　誤解《ごかい》されるようなこと言《い》わないで！」

「誤解《ごかい》されたらりりちゃんは困《こま》るの？」

「私《わたし》は別《べつ》に困《こま》らないけど、玲音《れおん》が……」

「じゃ、いいじゃん」

「よくないっ!!」

ぐっとにぎった拳《こぶし》を、玲音《れおん》のお腹《なか》に一発《いっぱつ》……入《い》れるふりをする。

とたんに、玲音《れおん》の顔《かお》が青《あお》ざめる。

「りりちゃん、みぞおちは痛《いた》いからかんべんっ」

「それなら余計《よけい》なことは言《い》わないこと！」

気《き》がつけば、下級生《かきゅうせい》の女《おんな》の子《こ》たちはいなくなっていた。

やれやれ。

「あっ、ネクタイ直《なお》さなきゃ！」

校則《こうそく》や風紀《ふうき》に特別《とくべつ》厳《きび》しい学校《がっこう》じゃないけど、ネクタイを結《むす》ばずにぶらさげてたらさすがに怒《おこ》られちゃう。

ネクタイを結《むす》び直《なお》すと、玲音《れおん》がうれしそうにニコニコと笑《わら》う。

「りりちゃん、ありがとっ」

「いいよ、それより早《はや》く教室《きょうしつ》にいこっ」

玲音《れおん》と急《いそ》ぎ足《あし》で昇降口《しょうこうぐち》に向《む》かった、そのとき。

「ムカつくんだよ」

悪意《あくい》に満《み》ちた声《こえ》が聞《き》こえてきた。

……え？

あたりを見回《みまわ》したものの、朝《あさ》の下駄箱《げたばこ》は人《ひと》であふれていて、誰《だれ》が誰《だれ》だかわからない。

「りりちゃん、どうしたの？」

「なんでもない」

玲音《れおん》にそう答《こた》えると、パタパタとかけ足《あし》で教室《きょうしつ》に向《む》かった。


お昼休《ひるやす》み、前《まえ》の席《せき》の沙耶《さや》ちゃんがお弁当《べんとう》をかかえてふりかえる。

「あのさ、りり花《か》と玲音《れおん》くんって本当《ほんとう》につきあってないの？」

「玲音《れおん》はただの幼《おさな》なじみだよ。沙耶《さや》ちゃん、急《きゅう》にどうしたの？」

「だって玲音《れおん》くんってものすごくカッコいいでしょ。間違《まちが》いなく学校《がっこう》で一番《いちばん》カッコいいし、優《やさ》しいし！　りり花《か》はそんな玲音《れおん》くんと一緒《いっしょ》にいてドキドキしない？」

「玲音《れおん》とは小《ちい》さいころからずっと一緒《いっしょ》にいるからなあ」

窓際《まどぎわ》で友達《ともだち》と話《はな》している玲音《れおん》をぼんやりとながめる。

ぐんぐん身長《しんちょう》がのびて、モテモテ男子《だんし》になっちゃったけど、私《わたし》にとって玲音《れおん》はかわいい幼《おさな》なじみのまま変《か》わらない。

「あのさ、りり花《か》は、彼氏《かれし》が欲《ほ》しいとか思《おも》わないの？」

「うーん、あんまり思《おも》わないかも」

サンドイッチを食《た》べながら沙耶《さや》ちゃんに答《こた》えた。

男《おとこ》の子《こ》を好《す》きになるって感覚《かんかく》が、正直《しょうじき》、私《わたし》にはまだよくわからない。

「じゃ、りり花《か》はどんな人《ひと》にドキドキするの？」

「……私《わたし》より強《つよ》い人《ひと》、かな？」

でも、自分《じぶん》より強《つよ》い人《ひと》に出会《であ》って興奮《こうふん》してドキドキするのは、ちょっとちがうのかな？

そういえば、道場《どうじょう》に通《かよ》っていたころには、強《つよ》い人《ひと》がたくさんいたなあ。

「りり花《か》より強《つよ》い人《ひと》かぁ。それはなかなかむずかしいよね。だってりり花《か》、ものすごく強《つよ》いんでしょ？」

「ふつうの女《おんな》の子《こ》よりは、強《つよ》いかも」

小《ちい》さいころから、空手《からて》や剣道《けんどう》、合気道《あいきどう》を習《なら》わされてきた私《わたし》。腕力《わんりょく》だけは自信《じしん》がある。

「そういえば、通《かよ》ってた空手《からて》の道場《どうじょう》に、ひとりだけ全然《ぜんぜん》歯《は》が立《た》たなかった人《ひと》がいたの。

あれはくやしかったなぁ」

「もしかして、その人《ひと》がりり花《か》の初恋《はつこい》？」

同《おな》じ空手道場《からてどうじょう》に通《かよ》っていたひとつ年上《としうえ》の颯大《そうた》は、とにかく強《つよ》かった。

「うーん、初恋《はつこい》っていうより、初《はじ》めてまったくかなわないと思《おも》った相手《あいて》かな？」

「そっか。それじゃ、りり花《か》の初恋《はつこい》はこれからなんだね！」

初恋《はつこい》かあ。

誰《だれ》かを好《す》きになるって、どんな感《かん》じなんだろう。

そもそも親《した》しい男《おとこ》の子《こ》なんて、玲音《れおん》くらいしかいないからなぁ……。

ふと、昔《むかし》の玲音《れおん》を思《おも》い出《だ》す。

「そういえばね、小《ちい》さいころの玲音《れおん》はすごくかわいかったんだよっ。私《わたし》が見《み》えなくなると
『りりちゃんどこー』って泣《な》いて追《お》いかけてきたの」

「へえー。でも、それって、今《いま》とあんまり変《か》わらないね」

「え？　そうかな？」

「ウワサをすればほら、玲音《れおん》くんがりり花《か》に会《あ》いに来《き》たよ」

顔《かお》をあげると、玲音《れおん》がぎゅっと抱《だ》きついてきた。

「わっ！」

「りりちゃん、発見《はっけん》！　どこにいたの？」

「同《おな》じ教室《きょうしつ》にいたでしょ！　っていうか、暑《あつ》いから離《はな》れて！」

べったりとくっついてくる玲音《れおん》を、ぐいぐいと押《お》しかえした。

意外《いがい》な一面《いちめん》

帰《かえ》りのホームルームが終《お》わると、玲音《れおん》がまた私《わたし》の席《せき》までやってきた。

「りりちゃん、今日《きょう》、部活終《ぶかつお》わるの待《ま》っててて！　最近調子《さいきんちょうし》いいから見《み》に来《き》てよっ」

うれしそうな玲音《れおん》を見《み》ていると、イヤとは言《い》えなくなっちゃう。

「わかった、見《み》にいくね！」

「やった！　俺《おれ》がんばるから、ちゃんと見《み》ててね！」

「うんっ」

キラキラと目《め》をかがやかせる玲音《れおん》に、うなずいた。

本当《ほんとう》は放課後《ほうかご》、行《い》きたいところがあったんだけど。


放課後《ほうかご》の校庭《こうてい》。いつもの場所《ばしょ》に座《すわ》って、玲音《れおん》の姿《すがた》をさがす。

ユニフォーム姿《すがた》の玲音《れおん》を見《み》つけると、スマホのカメラを向《む》けた。

あの泣《な》き虫《むし》だった玲音《れおん》が、サッカー部《ぶ》でレギュラーかぁ。

玲音《れおん》がシュートを決《き》めるたびに、見学《けんがく》している女《おんな》の子《こ》たちから高《たか》い歓声《かんせい》があがる。

玲音《れおん》、部活《ぶかつ》でも大人気《だいにんき》だなあ。

「吉川《よしかわ》さん、玲音《れおん》のこと待《ま》ってるの？」

ふりかえると、そこには去年同《きょねんおな》じクラスだった杉山《すぎやま》くんが立《た》っていた。

「杉山《すぎやま》くん、こんなところでどうしたの？」

杉山《すぎやま》くんは、メガネの似合《にあ》うさわやかな男《おとこ》の子《こ》だ。

「吉川《よしかわ》さんに話《はなし》があって。あのさ、よかったら今度《こんど》俺《おれ》と……うわあっ!!」

そのとき突然《とつぜん》サッカーボールが杉山《すぎやま》くんの頭《あたま》スレスレに飛《と》んできた。

「杉山《すぎやま》くん、大丈夫《だいじょうぶ》!?」

そこにニコニコと笑《わら》いながら、ユニフォーム姿《すがた》の玲音《れおん》がやってきた。

「ごめんごめんっ!!」

「玲音《れおん》！　サッカーボールが杉山《すぎやま》くんの頭《あたま》に当《あ》たるところだったんだよ!!」

「悪《わる》かったたって！」

もう！　本当《ほんとう》に悪《わる》かったと思《おも》ってるのかな!?

あいかわらずニコニコしながら謝《あやま》る玲音《れおん》を、ギロリとにらむ。

すると、玲音《れおん》が突然《とつぜん》大《おお》きな声《こえ》を出《だ》した。

「あっ！　そういえば、俺《おれ》、りりちゃんの部屋《へや》にパジャマ忘《わす》れていかなかった？」

「……パジャマ？」

「俺《おれ》のお気《き》に入《い》りのパジャマが見当《みあ》たらないんだ。りりちゃんちに泊《と》まった日《ひ》から」

最近《さいきん》、玲音《れおん》が泊《と》まりに来《き》たことなんてあったかな？

あれこれ考《かんが》えていると、サッカー部《ぶ》の先輩《せんぱい》たちの視線《しせん》を感《かん》じた。

「玲音《れおん》、早《はや》く部活《ぶかつ》に戻《もど》ったほうがいいよ。先輩《せんぱい》たちがこっち見《み》てる。パジャマは探《さが》しておくから」

「わかった！　りりちゃん、最後《さいご》まで見《み》てねーっ!!」

「うんっ、がんばって」

ふう。

「杉山《すぎやま》くん、本当《ほんとう》にごめんね？　ケガしなかった？」

あれ？　杉山《すぎやま》くんが顔《かお》をひきつらせている。

「杉山《すぎやま》くん、大丈夫《だいじょうぶ》？」

「あのさ……本当《ほんとう》にただの幼《おさな》なじみ？　部屋《へや》に泊《と》まったりしてるのに？」

「うん」

腑《ふ》に落《お》ちないって顔《かお》をしたまま、杉山《すぎやま》くんが力《ちから》なく立《た》ちあがった。

「そ、そっか、じゃ、吉川《よしかわ》さん、また……」

「うん？　またね」

杉山《すぎやま》くん、どうしたんだろう？

肩《かた》を落《お》として去《さ》っていった杉山《すぎやま》くんを、首《くび》をかしげて見送《みおく》った。

完全下校《かんぜんげこう》のチャイムが鳴《な》ると、部活《ぶかつ》を終《お》えた玲音《れおん》が走《はし》ってきた。

「りりちゃん、今日《きょう》のシュートどうだった？」

背後《はいご》から玲音《れおん》にぎゅっと抱《だ》きつかれた。

く、苦《くる》しいっ！

「う、うん、上手《じょうず》だったよ」

ニコニコ笑《わら》っている玲音《れおん》を、玲音《れおん》の腕《うで》の中《なか》から見《み》あげる。

「ほれ直《なお》した？」

「うん、見直《みなお》した！」

「ちょっと違《ちが》うけど、ま、いっか！」

そう言《い》って玲音《れおん》が顔《かお》をすり寄《よ》せてくる。

昔《むかし》から、なにかあるたびに玲音《れおん》はこうして甘《あま》えてきたけど、私《わたし》のほうが背《せ》が小《ちい》さくなっちゃった今《いま》、周《まわ》りからはどう見《み》えるんだろう？

「じゃ、りりちゃん、帰《かえ》ろっか」

ふう、やっと手《て》を離《はな》してくれた！

玲音《れおん》から解放《かいほう》されて、息《いき》を整《ととの》える。


「玲音《れおん》、疲《つか》れてる？」

バス停《てい》へと向《む》かいながら、こっそり玲音《れおん》の様子《ようす》を確認《かくにん》する。

「全然《ぜんぜん》疲《つか》れてないよ。りりちゃんがどこか行《い》きたいなら、一緒《いっしょ》にいくよ」

「それなら、このままおばさんの病院《びょういん》におみまいに行《い》かない？」

なるべくさらりと聞《き》いてみる。

「うーん、今日《きょう》はやめとくっ。早《はや》く帰《かえ》って飯食《めしく》いたいし」

「そっか」

がっくり……。

ニコニコと表情《ひょうじょう》を変《か》えずに笑《わら》っている玲音《れおん》を見《み》て、心《こころ》の中《なか》でため息《いき》をついた。

玲音《れおん》のお母《かあ》さんは難病《なんびょう》をわずらっていて、玲音《れおん》が小《ちい》さいころから入院《にゅういん》しているんだ。

なのに玲音《れおん》は病院《びょういん》に行《い》きたがらない。この話《はなし》になると、いつも笑顔《えがお》でごまかすの。

おばさん、玲音《れおん》に会《あ》いたがっているのにな……。


いつもどおりの一日《いちにち》を終《お》えて、お風呂《ふろ》から出《で》るとお母《かあ》さんが帰《かえ》ってきた。

「あら、玲音《れおん》くんさっきまでいたの？　それなら、うちに泊《と》まっちゃえばよかったのに」

「玲音《れおん》と寝《ね》ると、ベッドがせまくなるからやだ。お母《かあ》さんは、玲音《れおん》の寝相《ねぞう》の悪《わる》さを知《し》らないから、そんなことが言《い》えるんだよ」

「それなら、もっと大《おお》きなベッド買《か》っちゃう？」

もう、いつも冗談《じょうだん》ばっかり。

「あーあー、玲音《れおん》くんに会《あ》いたかったわあ」

残念《ざんねん》そうに眉《まゆ》をさげているお母《かあ》さんに「おやすみ」と伝《つた》えてお布団《ふとん》にくるまった。

翌朝《よくあさ》の学校《がっこう》で、沙耶《さや》ちゃんが眉《まゆ》を寄《よ》せて私《わたし》の手元《てもと》をのぞきこむ。

「りり花《か》、なに読《よ》んでるの？」

「これ？」

『月刊空手《げっかんからて》マガジン』の表紙《ひょうし》を見《み》せると、沙耶《さや》ちゃんがふか～いため息《いき》をつく。

「りり花《か》さ、空手《からて》もいいけど、もうちょっと世界《せかい》を広《ひろ》げない？　じつは彼氏《かれし》の友《とも》だちでりり花《か》を紹介《しょうかい》してほしいって人《ひと》がいるんだけど、どう？」

目《め》をかがやかせて身《み》を乗《の》りだしてきた沙耶《さや》ちゃんに、タジタジ。

沙耶《さや》ちゃんの彼《かれ》はうちの中学《ちゅうがく》の三年生《さんねんせい》で、陸上部《りくじょうぶ》でキャプテンをしている。

「りり花《か》、ものすごくかわいいんだからさ！　りり花《か》ねらいの男子《だんし》、すごく多《おお》いんだよ」

「でも、私《わたし》、沙耶《さや》ちゃんみたいにモテないよ。今《いま》まで告白《こくはく》されたこともないもん」

そう伝《つた》えると、沙耶《さや》ちゃんが首《くび》をひねった。

「おかしいなぁ。じつは杉山《すぎやま》くんから、りり花《か》に告白《こくはく》するつもりだって聞《き》いてたんだけど……」

「告白《こくはく》なんてされてないよ？　あれ？　そういえば、昨日《きのう》の放課後《ほうかご》、杉山《すぎやま》くんに声《こえ》をかけられたんだ。なんの用《よう》だったんだろう？」

「話《はな》さなかったの？」

「話《はな》そうとしたら、玲音《れおん》の蹴《け》ったボールが飛《と》んできて……」

「玲音《れおん》くん？」

「そう。それで、私《わたし》の部屋《へや》にパジャマを忘《わす》れてないかって聞《き》いてきたの」

それを聞《き》いて、沙耶《さや》ちゃんは苦虫《にがむし》をかみつぶしたような顔《かお》をした。

「あのさ、ずっと思《おも》ってたんだけど、玲音《れおん》くんって勉強《べんきょう》も運動《うんどう》もりり花《か》よりできるよね？　なのにネクタイ結《むす》べないとか、ひとりでご飯《はん》が食《た》べられないとか、さすがにりり花《か》に甘《あま》えすぎじゃない？」

「もしそうだとしても、気《き》にならないよ？」

小《ちい》さいころからずっと玲音《れおん》の面倒《めんどう》を見《み》てきたし、それに……。

入院《にゅういん》しているおばさんの顔《かお》が、頭《あたま》に浮《う》かぶ。

「っていうかさ、いつまでもあの調子《ちょうし》でりり花《か》に甘《あま》えてたら、玲音《れおん》くんのためにもならないんじゃない？」

それは考《かんが》えたことがなかったかも。

「りーりーちゃん！」

そんな話《はなし》をしていると、玲音《れおん》がいきなりうしろから抱《だ》きついてきた。

「ちょっと！　暑苦《あつくる》しいからくっついてこないこと！」

「えー、りりちゃん、冷《つめ》たい……」

べりっと玲音《れおん》を引《ひ》きはがすと、玲音《れおん》が悲《かな》しそうな顔《かお》をする。

うーん、たしかに玲音《れおん》は甘《あま》ったれすぎるのかも……。


その夜《よる》、食事《しょくじ》を終《お》えた玲音《れおん》が、リビングの片隅《かたすみ》に置《お》かれた雑誌《ざっし》に手《て》をのばした。

「りりちゃん、これなに？」

「ああ、それね、空手道場《からてどうじょう》の館長《かんちょう》が送《おく》ってくれたの。道場《どうじょう》の子《こ》が出《で》てるんだよ。流山颯大《ながれやまそうた》って、玲音《れおん》、覚《おぼ》えてる？」

「全然覚《ぜんぜんおぼ》えてない」

「ひとつ上《うえ》のすごく強《つよ》い人《ひと》だよ。小学生《しょうがくせい》のころから、颯大《そうた》は無敵《むてき》だったからなぁ」

「ふーん……」

玲音《れおん》は、興味《きょうみ》なさそうにその雑誌《ざっし》を閉《と》じると、ソファから体《からだ》を起《お》こした。

「それより、りりちゃん、英語《えいご》でわからないところがあるって言《い》ってなかった？　見《み》てあげるよ？」

「あっ、そうだった！」

玲音《れおん》は教科問《きょうかと》わず、ものすごく勉強《べんきょう》ができる。

「玲音《れおん》って、いつ勉強《べんきょう》してるの？　いつも寝《ね》る寸前《すんぜん》までうちにいるし、朝《あさ》は寝坊《ねぼう》してるし、放課後《ほうかご》は部活《ぶかつ》だし。どうしてそんなに勉強《べんきょう》できるの？」

「授業《じゅぎょう》ちゃんと聞《き》いてるから」

「それだけ⁉」

「ちょっとは俺《おれ》のこと見直《みなお》した？」

「うんっ！」

「で、どの問題《もんだい》？」

そう言《い》って、ノートをのぞきこんだ玲音《れおん》の髪《かみ》がサラサラとゆれる。

きれいな髪《かみ》だなあ。

「りりちゃん、どうしたの？」

玲音《れおん》の髪《かみ》にそっと触《ふ》れると、玲音《れおん》がビクっと体《からだ》をゆらす。

「玲音《れおん》の髪《かみ》って小《ちい》さいころのままだよね？　大《おお》きくなると髪《かみ》の毛《け》ってかたくなっちゃうの

に、やわらかくてすごくきれい」

「つうか、あんまり触《さわ》られるとヤバイ」

「え？」

「……なんでもない」

プイッと顔《かお》をそむけた玲音《れおん》に首《くび》をかしげる。

どうしたんだろう？

「で、どこだっけ？」

「ここ、ここ！」

どれだけむずかしい問題《もんだい》も、玲音《れおん》が教《おし》えてくれるとスッと理解《りかい》できるから不思議《ふしぎ》。

「りり花《か》、この問題《もんだい》、よくできたね」

よしよしと頭《あたま》をなでてくる玲音《れおん》に少《すこ》しとまどう。

だって、大人《おとな》っぽくて私《わたし》の知《し》っている玲音《れおん》じゃないみたい。

そわそわしていると、玲音《れおん》が伸《の》びをしながら私《わたし》のほうを向《む》いた。

「りりちゃん、時間《じかん》も遅《おそ》いし、一緒《いっしょ》にお風呂《ふろ》入《はい》っちゃう？」

「なぐられたいのかな？　っていうか、玲音《れおん》はもうシャワー浴《あ》びてるでしょ！」

「つまんないのーっ」

もう！　せっかく玲音《れおん》のこと見直《みなお》したところだったのに！

アホなことを言《い》っている玲音《れおん》を無視《むし》してお風呂《ふろ》に入《はい》った。

お世話係卒業《せわがかりそつぎょう》？

お風呂《ふろ》あがり、タオルで髪《かみ》の毛《け》をかわかしていると、玲音《れおん》と目《め》が合《あ》った。

「りりちゃんはさ、俺《おれ》といてドキドキすることって、まったくないの？」

「まったくないよ？」

「だよね。そんなカッコして、ふらふら歩《ある》き回《まわ》ってるくらいだもんね」

「玲音《れおん》だって、お風呂《ふろ》あがりにパンツ一枚《いちまい》で出《で》てくるでしょ？」

「ま、そうなんだけどさ。俺以外《おれいがい》の男《おとこ》の前《まえ》でそんなカッコしたら、絶対《ぜったい》ダメだよ？」

「このカッコ、そんなにダメ？」

着《き》ているショートパンツとタンクトップを、じっと見《み》つめる。

だって、お風呂《ふろ》あがりで暑《あつ》いし。なにより、玲音《れおん》しかいないし。

「普通《ふつう》に考《かんが》えて、アウトだよね。つうか、俺《おれ》もガマンするの、結構《けっこう》しんどいんだけど」

玲音《れおん》がなにやらつぶやいた。

「なに？」

「なんでもない」

もう一度盛大《いちどせいだい》にため息《いき》をついた玲音《れおん》に、首《くび》をかしげた。

玲音《れおん》はいつもどおり、うちのお母《かあ》さんが帰《かえ》ってくるギリギリの時間《じかん》までダラダラ過《す》ごして、自分《じぶん》の部屋《へや》へ帰《かえ》っていった。


翌朝《よくあさ》、校門《こうもん》の前《まえ》でばったり沙耶《さや》ちゃんに会《あ》った。

「あれ？　りり花《か》、ひとり？」

「玲音《れおん》は朝練《あされん》だよ」

沙耶《さや》ちゃんと一緒《いっしょ》に昇降口《しょうこうぐち》に向《む》かい、下駄箱《げたばこ》の前《まえ》で固《かた》まった。

「りり花《か》、どうしたの？」

「……ない」

「なにが？」

「うわばき」

「また？」

顔《かお》をしかめた沙耶《さや》ちゃんに、コクンとうなずく。

「購買《こうばい》で買《か》ってくる……」

最近《さいきん》、教科書《きょうかしょ》や体操服《たいそうふく》がなくなっては変《へん》な場所《ばしょ》から出《で》てくるから、おかしいなとは思《おも》っていたけど……。困《こま》ったなあ……。

「これって玲音《れおん》くんファンの嫌《いや》がらせ？　もう玲音《れおん》くんのお世話係《せわがかり》やめちゃえばいいのに。あんまり言《い》いたくないけど、物《もの》をかくされたり、こういう嫌《いや》がらせ、何回目《なんかいめ》？」

沙耶《さや》ちゃんの言葉《ことば》に思《おも》わず苦笑《にがわら》い。

玲音《れおん》は、中学《ちゅうがく》に入《はい》ってニョキニョキと背《せ》がのびはじめ、急《きゅう》に女《おんな》の子《こ》にモテるようになった。それ以来《いらい》、たまにこういうことが起《お》こる。

でも、腕力《わんりょく》では負《ま》けないし、この程度《ていど》のことならたいして気《き》にならない。

それに、玲音《れおん》のお世話係《せわがかり》は、そうそう簡単《かんたん》にはやめられないからなぁ。

「私《わたし》がどこかに置《お》き忘《わす》れちゃったのかもしれないし」

頬《ほお》をふくらませている沙耶《さや》ちゃんに、笑顔《えがお》を作《つく》った。

「それより沙耶《さや》ちゃん、うわばき買《か》いにいくついでに、購買限定三十個《こうばいげんていさんじっこ》のプレミアムショコラサンド買《か》っちゃおうよっ！　今《いま》ならまだ間《ま》に合《あ》うはずっ！」

「りり花《か》が気《き》にしてないならいいけど……」

「私《わたし》なら大丈夫《だいじょうぶ》！」

あはっと笑《わら》って沙耶《さや》ちゃんと購買《こうばい》に走《はし》った。


「味見《あじみ》しよっ、味見《あじみ》！」

教室《きょうしつ》に戻《もど》って沙耶《さや》ちゃんとショコラサンドをかじっていると、朝練《あされん》を終《お》えた玲音《れおん》が、私《わたし》の席《せき》までやってきた。

「うわっ！　りりちゃん、念願《ねんがん》のショコラサンドじゃん！　おいしい？」

「うん、すっごくおいしい！」

すると、玲音《れおん》が私《わたし》の手《て》からショコラサンドをパクリ。

「ああっ！　私《わたし》のショコラサンド〜〜っ！」

「おおっ！　マジで、甘《あま》い……。甘《あま》すぎる……」

「甘《あま》すぎるくらいがちょうどいいの！」

そう玲音《れおん》に伝《つた》えて教科書《きょうかしょ》を机《つくえ》から取《と》り出《だ》すと、びりっとするどい痛《いた》みが指先《ゆびさき》に走《はし》った。

「いっ……たあ」

「どうしたの？」

沙耶《さや》ちゃんと玲音《れおん》が、びっくりした顔《かお》でこっちを向《む》いている。

よく見《み》ると机《つくえ》のなかに、がびょうが貼《は》りつけてあった。

人《ひと》さし指《ゆび》から真《ま》っ赤《か》な血《ち》がふくらむ。

「なんでもないよ、大丈夫《だいじょうぶ》だよ！」

ふたりを心配《しんぱい》させないように、あわててそう伝《つた》えた。

でも、これは、かなり本気《ほんき》の嫌《いや》がらせ……かも。まいったなあ……。

心《こころ》のなかでため息《いき》をついた、その瞬間《しゅんかん》。

「りり花《か》、じっとしてろっ！」

「わわっ」

ぐいっと私《わたし》の手《て》を取《と》った玲音《れおん》が、ぺろりと血《ち》の出《で》た指先《ゆびさき》をなめた。

「ひゃっ⁉　れ、玲音《れおん》⁉」

クラスのみんなが見《み》てるよ〜〜〜！

「この指《ゆび》、どうした？」

わ〜んっ、玲音《れおん》がものすごく怖《こわ》い顔《かお》してるっ〜。

「いいの！　なんでもないからっ！　ほら、手《て》、はなしてっ！」

あわてて玲音《れおん》の手《て》をふりほどいた。

しばらく学校《がっこう》では、玲音《れおん》と話《はな》さないほうがいいのかな……。

それにしても、いったい誰《だれ》がこんなことをしたんだろう？


その日《ひ》のお昼休《ひるやす》み。犯人《はんにん》はあっさり現《あらわ》れた。

呼《よ》び出《だ》された場所《ばしょ》は人目《ひとめ》につかない校舎裏《こうしゃうら》。

「だからね、幼《おさな》なじみって立場《たちば》を利用《りよう》して玲音《れおん》くんを束縛《そくばく》しないでほしいの。今《いま》までのはその警告《けいこく》。私《わたし》、玲音《れおん》くんに本気《ほんき》なの」

この子《こ》はたしか、隣《となり》のクラスの黒川由衣《くろかわゆい》ちゃん。

金色《きんいろ》に近《ちか》い髪《かみ》を先《さき》でくるくるといじりながら、切《き》れ長《なが》の瞳《ひとみ》でじっとにらまれた。

こうなったら、説得《せっとく》して私《わたし》と玲音《れおん》の関係《かんけい》をわかってもらうしかない！

「幼《おさな》なじみって言《い》っても、私《わたし》と玲音《れおん》はきょうだいみたいな関係《かんけい》で……」

「だから、あんたのそういう態度《たいど》がムカつくんだよ！」

力任《ちからまか》せに私《わたし》の頬《ほお》をたたこうとした黒川《くろかわ》さんの手首《てくび》を、ぐっとつかんだ。

「とりあえず、私《わたし》を呼《よ》びだすより、玲音《れおん》とふたりで話《はな》してみるのはどうかな？」

「『俺《おれ》にはりり花《か》がいるから』って言《い》われるのっ！　だからあんたが目《め》ざわりだっつってんのよっ！」

「それは、黒川《くろかわ》さんが思《おも》っているような意味《いみ》じゃなくて……」

そのとき、息《いき》を切《き》らしながら玲音《れおん》が現《あらわ》れた。

「りり花《か》!?　こんなところでなにしてるんだよ!?」

「な、なんでもない」

パッと黒川《くろかわ》さんの手《て》を放《はな》して、その場《ば》をかけ足《あし》で離《はな》れた。

「りり花《か》、あいつになにかされたのか!?」

玲音《れおん》がけわしい表情《ひょうじょう》で追《お》いかけてくる。

玲音《れおん》は心配性《しんぱいしょう》だからなあ。

「なにもされてないよ、大丈夫《だいじょうぶ》」

なにがあったのかと、しつこく聞《き》いてくる玲音《れおん》をなんとかごまかして教室《きょうしつ》に戻《もど》った。


「りり花《か》、お昼休《ひるやす》みどこ行《い》ってたの？」

「えっと、ちょっと用事《ようじ》があってね。お弁当《べんとう》、一緒《いっしょ》に食《た》べられなくてごめんね」

沙耶《さや》ちゃんに心配《しんぱい》をかけたくなくて、黒川《くろかわ》さんのことは黙《だま》っていることにした。

「なんでもないならいいけど。りり花《か》、放課後《ほうかご》、ドーナツ食《た》べに行《い》かない？　今日《きょう》、部活《ぶかつ》なくなったんだ♪」

にかっと笑《わら》った沙耶《さや》ちゃんに、両手《りょうて》を合《あ》わせて謝《あやま》った。

「ごめんね、沙耶《さや》ちゃん。今日《きょう》は用事《ようじ》があって。また今度《こんど》さそって？」

それを聞《き》いた沙耶《さや》ちゃんが目《め》をきらりと光《ひか》らせる。

「もしかして初恋《はつこい》のキミに会《あ》いに、道場《どうじょう》に行《い》くんだったりして!?」

「違《ちが》う、違《ちが》うっ！　って、初恋《はつこい》じゃないし！　わわっ、授業《じゅぎょう》が始《はじ》まっちゃう！」

予鈴《よれい》が鳴《な》ってあわてて自分《じぶん》の席《せき》に座《すわ》った。

放課後《ほうかご》、病院行《びょういんい》きのバスにすべりこみで乗車《じょうしゃ》した。

バスの座席《ざせき》から流《なが》れていく景色《けしき》を見《み》ながら、黒川《くろかわ》さんのことを考《かんが》えていた。

黒川《くろかわ》さんは私《わたし》に嫌《いや》がらせしたくなるほど、玲音《れおん》を好《す》きだってことだよね。

嫌《いや》がらせは困《こま》るし絶対《ぜったい》にダメなことだけど、だれかを好《す》きになる気持《きも》ちは、ちょっとうらやましいな。

好《す》きな人《ひと》の近《ちか》くに私《わたし》みたいな世話焼《せわや》き係《がかり》がいたら、たしかに目《め》ざわりだよね。

『玲音《れおん》のためにならない』って沙耶《さや》ちゃんも言《い》っていたし。

そろそろ玲音《れおん》のお世話係《せわがかり》も、卒業《そつぎょう》したほうがいいのかな……。

でも……。今《いま》までずっと一緒《いっしょ》にいたからなのかな。

玲音《れおん》と離《はな》れて過《す》ごす毎日《まいにち》を想像《そうぞう》することが、できない。

ちょっとだけさびしいかも……なんて思《おも》っちゃうのはどうしてなんだろう。

そんなことを考《かんが》えながら、病院《びょういん》の自動《じどう》ドアを通《とお》りぬけた。

平日《へいじつ》の入院病棟《にゅういんびょうとう》はとても静《しず》か。

「おーばーさん！」

病室《びょうしつ》のとびらを開《あ》けると、玲音《れおん》のお母《かあ》さんが目《め》を丸《まる》くする。

「りりちゃん！　また来《き》てくれたの!?」

「私《わたし》、部活《ぶかつ》に入《はい》ってなくてヒマだからっ。おばさんに教《おし》えてもらいたいこともあったし」

優《やさ》しくほほえむおばさんの笑顔《えがお》は、玲音《れおん》にそっくり。

「りりちゃん、いつもありがとう。でも無理《むり》してここに来《こ》なくていいのよ？」

「うちのお母《かあ》さん、いつも帰《かえ》りが遅《おそ》いから、ここでおばさんに会《あ》えるのがうれしいのっ」

「それならいいけど」

ベッドの横《よこ》に置《お》かれたパイプイスに座《すわ》って、スマホをとりだした。

「おばさん、玲音《れおん》、この前《まえ》のテストも満点《まんてん》だったんだよっ。前《まえ》の日《ひ》には一緒《いっしょ》にテレビ見《み》て笑《わら》ってたのに！」

ぷぅっと頬《ほお》をふくらませた私《わたし》を見《み》て、おばさんは楽《たの》しそう。

「りりちゃんは、そのテスト何点《なんてん》だったの？」

「聞《き》かないで……」

すると、おばさんはクスクス笑《わら》いながら、私《わたし》にたずねた。

「りりちゃん、最近《さいきん》は道場《どうじょう》には行《い》ってないの？」

「うん、帰《かえ》りも遅《おそ》くなっちゃうし」

「りりちゃん。やりたいことがあるなら、玲音《れおん》のことなんて気《き》にせずに、好《す》きなことをやればいいのよ？」

「私《わたし》はやりたいことしかやってないよ。なにより、私《わたし》はここでこうして、おばさんに会《あ》えるのが一番《いちばん》うれしいっ」

おばさんと一緒《いっしょ》にいると、ほっとして温《あたた》かい気持《きも》ちになる。

私《わたし》はおばさんと過《す》ごすこの時間《じかん》が、すごく好《す》き。

「そういえば、昨日《きのう》ね……」

おばさんに最近学校《さいきんがっこう》であった話《はなし》や、玲音《れおん》と盛《も》りあがった動画《どうが》の話《はなし》をしていたら、あっという間《ま》に時間《じかん》がすぎてしまった。

気《き》がつけば窓《まど》の外《そと》は暗《くら》くなりはじめていて、病室前《びょうしつまえ》の廊下《ろうか》には配膳車《はいぜんしゃ》が並《なら》んでいる。

そっか、そろそろ夕食《ゆうしょく》の時間《じかん》なんだ。

おばさんはどんな話《はなし》もとてもうれしそうに聞《き》いてくれるから、居心地《いごこち》がよくてついつい長居《ながい》してしまう。

そして、いつものことだけれど、家《いえ》に帰《かえ》るときには少《すこ》しさびしい気持《きも》ちになる。

そんな気持《きも》ちをふりはらうように明《あか》るく笑《わら》う。

「じゃ、おばさん、また来《く》るね！　今度《こんど》は玲音《れおん》も連《つ》れてくるからねっ！」

優《やさ》しく笑《わら》うおばさんにブンブンと手《て》をふってとびらを閉《し》め、病院《びょういん》をあとにした。

帰《かえ》りのバスにゆられながら、暗闇《くらやみ》に包《つつ》まれていく景色《けしき》をぼんやりとながめた。

『玲音《れおん》の面倒見《めんどうみ》るのをやめる』

なんて、とてもじゃないけど言《い》えないよ……。

幼《おさな》なじみとふたりきり

夕飯《ゆうはん》の時間《じかん》、コロッケをほおばりながら玲音《れおん》が首《くび》をかしげる。

「りりちゃん、今日《きょう》、本当《ほんとう》は校舎裏《こうしゃうら》でなにがあったの？　俺《おれ》には言《い》えないこと？」

「玲音《れおん》には関係《かんけい》ないことだよ。それより……」

少《すこ》し悩《なや》んで続《つづ》けた。

「玲音《れおん》は彼女作《かのじょつく》らないの？」

「なんで？」

「玲音《れおん》、すごくモテるから」

「んーっ、りりちゃんに彼氏《かれし》ができたら、俺《おれ》も彼女作《かのじょつく》ろうかなっ！」

「それじゃ、一生彼女作《いっしょうかのじょつく》れないかもよ？」

「いいよ。そしたら、りりちゃんに責任《せきにん》とってもらうから！」

責任《せきにん》って……？

「あのさ、俺《おれ》、好《す》きな子《こ》ならいるよ。すっごくかわいい子《こ》」

「へぇ！　知《し》らなかった！」

玲音《れおん》が好《す》きになるのはどんな子《こ》なんだろう？

サッカー部《ぶ》のマネージャーやクラスの女子《じょし》を思《おも》い浮《う》かべると、少《すこ》しだけモヤモヤする。

弟《おとうと》に彼女《かのじょ》ができるときって、こんな感《かん》じなのかな？

「玲音《れおん》の好《す》きな子《こ》って、誰《だれ》？」

「りりちゃん！」

即答《そくとう》した玲音《れおん》にがっくり。

「あのね、そういうのじゃなくて、彼女《かのじょ》にしたいなーって思《おも》う子《こ》はいないの？」

「りりちゃん、急《きゅう》にどうしたの？」

玲音《れおん》がゆっくりと顔《かお》をあげた。

「私《わたし》たち、今《いま》のままでいいのかなぁ。だって、私《わたし》たちもう中学生《ちゅうがくせい》なんだよ。玲音《れおん》も自分《じぶん》のことは自分《じぶん》でするようにして、私《わたし》から離《はな》れて楽《たの》しんでみたらどうかな？」

「りりちゃん、いきなりどうしたの？　俺《おれ》はこのままでいいよ？」

玲音《れおん》はきょとんとした顔《かお》をしているけど、本当《ほんとう》にこのままでいいのかなぁ。

夕飯《ゆうはん》を終《お》えてテーブルの上《うえ》で宿題《しゅくだい》をしていると、お母《かあ》さんからスマホにメッセージがあった。

「どうしたの？」

「お母《かあ》さん、今日《きょう》は会社《かいしゃ》に泊《と》まるって」

「相変《あいか》わらず忙《いそが》しいね。おじさんは出張《しゅっちょう》？」

「うん、中東《ちゅうとう》に行《い》ってる。来週帰《らいしゅうかえ》ってくるよ」

お母《かあ》さんは朝早《あさはや》く出《で》かけていき、終電《しゅうでん》をのがすと会社《かいしゃ》に泊《と》まることもしばしば。

物理学者《ぶつりがくしゃ》のお父《とう》さんは、共同研究《きょうどうけんきゅう》やら論文発表《ろんぶんはっぴょう》やらで世界《せかい》を飛《と》びまわっている。

お父《とう》さんもお母《かあ》さんもすごく多忙《たぼう》だけれど、小《ちい》さいころから玲音《れおん》とずっと一緒《いっしょ》に過《す》ごしてきたせいか、あまりさみしいと感《かん》じたことはなかった。

「あ、そうだ！　数学《すうがく》でわからないところがあったんだ。玲音《れおん》、教《おし》えてくれる？」

「いいよ、教科書持《きょうかしょも》ってる？」

玲音《れおん》と肩《かた》を並《なら》べて教科書《きょうかしょ》をのぞきこむ。

「だからさ、ここの値《あたい》をこの式《しき》に代入《だいにゅう》しちゃえばあとは計算《けいさん》するだけだよ？」

「なるほど！　玲音《れおん》、本当《ほんとう》に頭《あたま》いいよね」

家《いえ》で勉強《べんきょう》してるところなんて見《み》たことがないから、玲音《れおん》は生《う》まれつき頭《あたま》がいいのかも……！

勉強《べんきょう》を終《お》えてお風呂《ふろ》に入《はい》り、自分《じぶん》の部屋《へや》のドアを開《あ》けて固《かた》まった。

「……どうして玲音《れおん》が私《わたし》のベッドで寝《ね》てるの？」

「りりちゃん、家《いえ》にひとりだとさみしいと思《おも》ってさ♪」

「全然《ぜんぜん》、さみしくないよ？　むしろひとりで広々《ひろびろ》と寝《ね》たいけど？」

「うーん、でも帰《かえ》るの面倒《めんどう》くさいから、今日《きょう》はここで寝《ね》る」

ええ〜〜……。

玲音《れおん》はパジャマに着《き》がえて私《わたし》のベットにもぐりこんでいる。

そんな玲音《れおん》を見《み》て、思《おも》わず笑《わら》いがこぼれた。

「りりちゃん、どうしたの？」

クスクスと笑《わら》っている私《わたし》を見《み》て、玲音《れおん》が不思議《ふしぎ》そうな顔《かお》をする。

「玲音《れおん》って、小《ちい》さいころから寝相《ねぞう》が悪《わる》くて、寝《ね》てるときは『暑《あつ》い暑《あつ》い』ってお布団蹴《ふとんけ》りあげて、朝《あさ》になると『寒《さむ》い寒《さむ》い』ってブルブルふるえてくっついてくるんだよ。それならちゃんとお布団《ふとん》かけて寝《ね》ればいいのになって、いつも思《おも》ってた」

「りりちゃんは、泣《な》いてる俺《おれ》のことを、いつもギュッと抱《だ》きしめて寝《ね》てくれたよね？」

「でも、もうすっかり玲音《れおん》のほうが大《おお》きくなっちゃったからなぁ……」

小《ちい》さいころ、夜《よる》になると玲音《れおん》はお母《かあ》さんに会《あ》いたがってよく泣《な》いていた。

一日《いちにち》ガマンしていたものがあふれ出《で》てしまったかのようにポロポロと涙《なみだ》をこぼす玲音《れおん》を、ぎゅっと抱《だ》きしめて眠《ねむ》った夜《よる》が、何度《なんど》もあった。

パジャマを着《き》てお布団《ふとん》の中《なか》で玲音《れおん》と向《む》きあっていると、小《ちい》さいころのままなにも変《か》わっていないような気《き》がする。

「それじゃ、今夜《こんや》は俺《おれ》がりりちゃんのことをあっためてあげるっ」

「けっこうです！」

ふざけて私《わたし》の体《からだ》に両腕《りょううで》を回《まわ》してきた玲音《れおん》に、軽《かる》くパンチを一発《いっぱつ》。

「グエッ！　りりちゃん、お腹《なか》は反則《はんそく》……」

玲音《れおん》が本当《ほんとう》の弟《おとうと》だったらよかったのにな。


次《つぎ》の日《ひ》のお昼休《ひるやす》み。

天気《てんき》がいいので沙耶《さや》ちゃんと中庭《なかにわ》でお弁当《べんとう》を食《た》べることにした。

中庭《なかにわ》に向《む》かう途中《とちゅう》、黒川《くろかわ》さんとすれ違《ちが》い、じろりとにらまれた。

「もしかして、最近《さいきん》の嫌《いや》がらせってあの子《こ》のしわざ?」

「は、ははっ……」

もう、笑《わら》うしかない。さすがに沙耶《さや》ちゃんも気《き》がつくよね……。

「黒川《くろかわ》さん、あんまりいい評判《ひょうばん》聞《き》かないよ」

「そうなの?」

「私《わたし》の友達《ともだち》でも、彼氏《かれし》とられて泣《な》かされた子《こ》が何人《なんにん》もいるもん。あの子《こ》、玲音《れおん》くんがりり花《か》にべったりで面白《おもしろ》くないんじゃないかな。玲音《れおん》くん、すごく人気《にんき》あるから」

「うーん、そうなのかなあ……」

でも、このままっていうのもなんかモヤモヤする!

ふと、館長《かんちょう》が送《おく》ってくれた空手雑誌《からてざっし》を思《おも》い出《だ》す。

そうだ! 久《ひさ》しぶりに空手道場《からてどうじょう》に行《い》ってみようかな。

放課後《ほうかご》、少《すこ》し悩《なや》んで道場《どうじょう》に向《む》かうことにした。

バスから降《お》りると、木立《こだち》の奥《おく》の道場《どうじょう》から活気《かっき》にあふれた声《こえ》が聞《き》こえてきた。

中学《ちゅうがく》に入《はい》ってから、忙《いそが》しくてなかなか道場《どうじょう》に来《く》ることができなかったからなあ。

道場《どうじょう》の引《ひ》き戸《ど》に手《て》をのばすと、『吉川《よしかわ》か!?』とうしろから声《こえ》をかけられた。

ふりむくと、館長《かんちょう》がなつかしい笑顔《えがお》を浮《う》かべて立《た》っていた。

「お久《ひさ》しぶりです！」

思《おも》わず大《おお》きな声《こえ》であいさつすると、館長《かんちょう》がバンバンといきおいよく私《わたし》の背中《せなか》をたたく。

「吉川《よしかわ》、あいかわらずだな。元気《げんき》にしてたか？」

「はいっ！　この前《まえ》は雑誌《ざっし》、ありがとうございました！」

「ああ、颯大《そうた》すごいだろ？　稽古《けいこ》つけていくなら、更衣室《こういしつ》に道着《どうぎ》が置《お》いてあるぞ」

「ありがとうございます！」

館長《かんちょう》に大《おお》きく頭《あたま》をさげると、道場《どうじょう》の左手《ひだりて》にある更衣室《こういしつ》に向《む》かった。

道着《どうぎ》に身《み》を包《つつ》んで、使《つか》いこまれた木《き》の床《ゆか》をはだしでペタペタと歩《ある》くと、自然《しぜん》と背筋《せすじ》がのびていく。

道場《どうじょう》の引《ひ》き戸《ど》を開《あ》けて、「お願《ねが》いします！」と声《こえ》を張《は》り、道場《どうじょう》に一礼《いちれい》する。

師範《しはん》の「ようい……はじめっ！」のかけ声《ごえ》を合図《あいず》に、順番《じゅんばん》に技《わざ》をくり出《だ》していく。

みんなに遅《おく》れないように必死《ひっし》でついていくけれど、なまった体《からだ》はなかなか思《おも》うようには動《うご》いてくれない。

息《いき》が切《き》れて、苦《くる》しい。

それでも思《おも》い切《き》り汗《あせ》を流《なが》すと、すっきりとした気分《きぶん》になった。


「今日《きょう》はありがとうございました！」

稽古《けいこ》を終《お》えて館長《かんちょう》にあいさつすると、ポンとだれかに肩《かた》をたたかれた。

「りり花《か》、久《ひさ》しぶりじゃん」

「颯大《そうた》!!」

久《ひさ》しぶりに会《あ》った颯大《そうた》は、がっしりとしたたくましい体《からだ》つきになっていて、一瞬《いっしゅん》誰《だれ》だかわからないほどだった。

ひとつ年上《としうえ》の颯大《そうた》は、子供《こども》のころからとにかく強《つよ》かったんだ。

そのうえおもしろくて優《やさ》しいから、みんなの人気者《にんきもの》だった。

目尻《めじり》をさげてふんわりと笑《わら》う颯大《そうた》は、とてもそんなに強《つよ》そうには見《み》えない。

でも、ひとたび道着《どうぎ》を着《き》て構《かま》えると、別人《べつじん》のように目《め》つきがするどくなる。

「颯大《そうた》、先月《せんげつ》の空手《からて》マガジン見《み》たよ。館長《かんちょう》が送《おく》ってくれたの。すごいね、颯大《そうた》のことが

取《と》りあげられてたね！」

「小《ちい》さい記事《きじ》だし、まだまだこれからだよ。来月《らいげつ》の大会《たいかい》ではもっと上《うえ》をねらってる」

「上《うえ》ってどのくらい？」

「もちろん全国優勝《ぜんこくゆうしょう》に決《き》まってんだろ」

全国優勝《ぜんこくゆうしょう》!!

「すごいなぁ。なんだか、すっかり手《て》の届《とど》かない存在《そんざい》になっちゃったね」

「俺《おれ》なんてまだまだだよ」

「久《ひさ》しぶりに颯大《そうた》が組手《くみて》してるところを見《み》たけど、颯大《そうた》の動《うご》きってきれいだよね。呼吸《こきゅう》も全然乱《ぜんぜんみだ》れないし」

安定感《あんていかん》のあるキレのいい颯大《そうた》の動《うご》きは、普段《ふだん》、颯大《そうた》が他人《ひと》の何倍《なんばい》も努力《どりょく》しているから。

颯大《そうた》は昔《むかし》から努力家《どりょくか》だった。

「りり花《か》にほめられるとなんだか気持《きも》ち悪《わる》いな。小学生《しょうがくせい》のころからお前《まえ》、負《ま》けず嫌《ぎら》いだったからさ」

「さすがにもうかなわないよ」

「つうか、この年《とし》になって女相手《おんなあいて》に本気《ほんき》だしたら、ヤバイだろ」

「へーっ、すっかりジェントルマンじゃん。かっこつけちゃってさ！」

ふざけて颯大《そうた》に拳《こぶし》を突《つ》き出《だ》すと、さっと片手《かたて》で止《と》められた。

「お前《まえ》の動《うご》きなんてバレバレだっつーの。それより、帰《かえ》るなら送《おく》ってやるよ。コンビニにも行《い》きたいし」

そう言《い》ってお財布《さいふ》を手《て》にした颯大《そうた》と、並《なら》んで道場《どうじょう》をあとにした。

道場《どうじょう》からうちのマンションまでは、歩《ある》いて行《い》ける距離《きょり》にある。

「そういえば、りり花《か》、ガキのころに、上段蹴《じょうだんげ》りの練習《れんしゅう》で軸足《じくあし》ゆるませて、思《おも》いっきりうしろにすっころんでたよな」

「なんでそんなこと覚《おぼ》えてるの？」

隣《となり》で楽《たの》しそうに笑《わら》っている颯大《そうた》に目《め》を丸《まる》くする。

「時間《じかん》があるなら、りり花《か》もまた道場通《どうじょうかよ》えばいいのに」

「ヒマなときだけでも来《き》てみようかな」

「部活入《ぶかつはい》ってないんだろ？」

「うん」

久《ひさ》しぶりに道場《どうじょう》で体《からだ》を動《うご》かしたら、また空手《からて》を習《なら》いたくなった。

でも、道場《どうじょう》に通《かよ》うなら、中途半端《ちゅうとはんぱ》にならないようにきちんと通《かよ》いたい。

おばさんの病院《びょういん》にも行《い》きたいし、うーん、なかなかむずかしいなあ。

「送《おく》ってくれてありがとう」

マンションのエントランス前《まえ》で立《た》ちどまり、颯大《そうた》にペコッと頭《あたま》をさげた。

「声《こえ》でもかけてりり花《か》に蹴《け》りあげられる男《おとこ》が気《き》の毒《どく》だから送《おく》っただけだよ」

「ひどいっ！」

「くくっ。いつでも相手《あいて》してやるから、また道場来《どうじょうこ》いよ？」

「うん、時間《じかん》のあるときにまた顔出《かおだ》すね」

と、油断《ゆだん》した颯大《そうた》に、軽《かる》く足《あし》を蹴《け》りあげると笑《わら》いながら片手《かたて》で止《と》められた。

「りり花《か》、俺《おれ》のこと甘《あま》く見《み》すぎ」

「くぅ！」

そのまま颯大《そうた》を軽《かる》く突《つ》いたり、足《あし》かけをしてふざけていると、玲音《れおん》が帰《かえ》ってきた。

「りりちゃん、こんなところでなにしてるの？」

……本当《ほんとう》に私《わたし》、なにしてるんだろう。

なんだか、ものすごく恥《は》ずかしくなってきた……。

颯大《そうた》はそんな私《わたし》を見《み》て、笑《わら》いをかみころしている。

颯大《そうた》だって一緒《いっしょ》になってやってたのに～っ！

「じゃ、りり花《か》またな！」

玲音《れおん》にペコリと頭《あたま》をさげると、颯大《そうた》は片手《かたて》をあげて帰《かえ》っていった。

「りりちゃん、今日《きょう》、道場《どうじょう》に行《い》ってきたの？」

「うん。久《ひさ》しぶりに道場《どうじょう》に行《い》ったら、たまたま颯大《そうた》がいてね」

「俺《おれ》に彼女作《かのじょつく》れーとか、自分《じぶん》のことは自分《じぶん》でしろって言《い》ってたのって、あいつのせい？」

……ん？　急《きゅう》にけわしい表情《ひょうじょう》になった玲音《れおん》に首《くび》をかしげる。

「それは関係《かんけい》ないよ。えっと、玲音《れおん》、どうしたの？　部活《ぶかつ》で疲《つか》れてる？」

「べつに……」

そのままスタスタとエレベーターに向《む》かって歩《ある》き出《だ》した玲音《れおん》を、あわてて追《お》いかけた。

うーん……。

なんだろ、この重苦《おもくる》しい雰囲気《ふんいき》。


夕飯《ゆうはん》の時間《じかん》になっても、玲音《れおん》の機嫌《きげん》はよくならない。

玲音《れおん》の好《す》きなポテトグラタンを作《つく》ったのにな。

「グラタン、おいしくなかった？」

「……すごくおいしい」

「そっか」

むむう。ここまで玲音《れおん》の機嫌《きげん》が悪《わる》いのはめずらしい。

そういえば、玲音《れおん》は昔《むかし》から私《わたし》が道場《どうじょう》に行《い》くのをイヤがっていた。

これ以上《いじょう》、強《つよ》くなったら怖《こわ》いから？

「玲音《れおん》、先《さき》にお風呂《ふろ》入《はい》るね？」

「うん」

お風呂《ふろ》からあがると、玲音《れおん》の姿《すがた》はなかった。

なにも言《い》わずに帰《かえ》っちゃうなんて、玲音《れおん》どうしたんだろう？

ふう、とため息《いき》をついてベッドにもぐりこんだ。

幼《おさな》なじみ、ご乱心《らんしん》

翌朝《よくあさ》、玲音《れおん》はいつもどおり、うちに朝《あさ》ご飯《はん》を食《た》べに来《き》た。

「りりちゃん、お腹《なか》すいた〜！」

よかったあ、いつもの玲音《れおん》だ。

「りりちゃん、今週《こんしゅう》は帰《かえ》りが遅《おそ》くなるから、先《さき》に夕飯《ゆうはん》食《た》べていいからね？」

「部活《ぶかつ》、忙《いそが》しいの？」

「うんっ、今度大会《こんどたいかい》があるんだ。それより、りりちゃん、ネクタイ結《むす》んで」

「いいよっ」

リビングで玲音《れおん》のネクタイを結《むす》びながら首《くび》をかしげる。

「こんなにしっかり結《むす》んでるのに、どうしていつもほどけちゃうんだろう？」

「どうしてだろうね？」

玲音《れおん》はなぜかニコニコ笑《わら》ってる。

卒業《そつぎょう》までには自分《じぶん》で結《むす》べるようになってほしいな……。

「今日《きょう》はバスが来《く》るまで、時間《じかん》があるね」

バス停《てい》への道《みち》を歩《ある》きながら、玲音《れおん》を見《み》あげる。

玲音《れおん》の頭上《ずじょう》では、青《あお》い空《そら》に向《む》かって枝《えだ》をのばした木々《きぎ》が新緑《しんりょく》をかがやかせている。

玲音《れおん》のコハク色《いろ》の髪《かみ》も、朝日《あさひ》に透《す》けてキラキラ光《ひか》っている。

「りりちゃん、今年《ことし》の夏休《なつやす》みは家族旅行《かぞくりょこう》に行《い》くの？」

「まだわからないけど。旅行《りょこう》に行《い》くことになったら玲音《れおん》にも声《こえ》をかけるね！　部活《ぶかつ》がなかったら一緒《いっしょ》に行《い》こうね！」

「りりちゃんとふたりで？」

「……のはずがないよね？」

玲音《れおん》はおばさんの容体《ようだい》が変《か》わりやすいこともあって、家族《かぞく》で旅行《りょこう》をしたことがない。

だから、うちが家族《かぞく》で旅行《りょこう》するときには玲音《れおん》をさそって一緒《いっしょ》に行《い》くことが多《おお》かった。

「海《うみ》に行《い》くなら、りりちゃんにものすごくセクシーな水着選《みずぎえら》んであげるね」

「私《わたし》が着《き》たらセクシーじゃなくなりそうだけど……」

「たしかに！　……プブッ」

「あーっ！　笑《わら》った、ひどい！」

ぷいっと顔《かお》をそむけると、玲音《れおん》がよしよしと私《わたし》の頭《あたま》をなでた。

「りりちゃんはいつもかわいいよ？」

も、もうっ！　急《きゅう》に大人《おとな》びた顔《かお》をするのはずるいっ。

ドキマギしながら混《こ》んだバスに乗《の》りこむと、隣《となり》であくびをしている玲音《れおん》にたずねた。

「玲音《れおん》、今夜《こんや》食《た》べたいものある？」

「おにぎり！」

迷《まよ》わず答《こた》えた玲音《れおん》に、聞《き》きかえす。

「おにぎり？　お弁当《べんとう》じゃなくて、今夜《こんや》の夕飯《ゆうはん》だよ？」

「うん、りりちゃんのおにぎりが食《た》べたい。初《はじ》めてりりちゃんに作《つく》ってもらったのがおにぎりだったよね？」

「そうだっけ？」

「ほら、りりちゃんとふたりで留守番《るすばん》してたときに、りりちゃんがめちゃくちゃでかいおにぎり作《つく》ってくれてさ。あれがまた食《た》べたい！」

「あっ！　保育園《ほいくえん》のころの話《はなし》？」

「そう、それ！」

「玲音《れおん》、顔《かお》じゅうご飯《はん》つぶだらけにして食《た》べてくれたよね」

そのあと、水嫌《みずぎら》いの玲音《れおん》の顔《かお》を洗《あら》うのがすごく大変《たいへん》だったっけ。

「だから、久《ひさ》しぶりにあれが食《た》べたい！」

「わかった、ものすごく大《おお》きなおにぎり作《つく》るね！」

すると、玲音《れおん》が私《わたし》の耳元《みみもと》に顔《かお》を寄《よ》せる。

「おにぎりだけじゃないよ。俺《おれ》、りりちゃんのことも大好《だいす》きだよ？」

「そんなことナイショ話《ばなし》で言《い》わなくてもわかってるよ？」

「りりちゃんは俺《おれ》のこと好《す》き？」

「うん！」

「……だよね。俺《おれ》の『好《す》き』とは違《ちが》うやつだよね」

「え？」

深《ふか》いため息《いき》をついた玲音《れおん》を見《み》あげると、おでこをぴんっと指《ゆび》ではじかれた。

ええっ!?　どうして!?

その日《ひ》の放課後《ほうかご》、街《まち》でばったり颯大《そうた》に会《あ》った。

「颯大《そうた》！　すごい偶然《ぐうぜん》だね⁉」

「りり花《か》は買《か》い物《もの》とか？　俺《おれ》はこれから道場《どうじょう》行《い》くけど、稽古見《けいこみ》ていく？」

「……うん、そうしようかな？」

昨日《きのう》は、すごくいい気分転換《きぶんてんかん》になったし！

颯大《そうた》にさそわれて道場《どうじょう》に向《む》かった。

道場《どうじょう》に入《はい》ると、すみっこで体育座《たいいくずわ》りをして見学《けんがく》している小《ちい》さな男《おとこ》の子《こ》がいる。

お姉《ねえ》ちゃんの稽古《けいこ》が終《お》わるのを、待《ま》ってるのかな？

なつかしいなぁ。

玲音《れおん》もよく私《わたし》にくっついて、稽古《けいこ》を見《み》に来《き》ていたっけ。

そのとき、気合《きあ》いの入《はい》った大《おお》きなかけ声《ごえ》が道場《どうじょう》じゅうにひびいた。

見《み》れば、颯大《そうた》が小学生《しょうがくせい》に稽古《けいこ》をつけている。すごいなあ、さすが颯大《そうた》だ。

稽古《けいこ》をしばらく見学《けんがく》して立《た》ちあがると、颯大《そうた》が汗《あせ》をぬぐいながらやってきた。

「りり花《か》、もう帰《かえ》るのか？」

「うん、今日《きょう》は見学《けんがく》に来《き》ただけだから」

「じゃ、家《いえ》まで送《おく》るよ」

「まだ明《あか》るいから大丈夫《だいじょうぶ》だよ。颯大《そうた》はこれから自分《じぶん》の練習《れんしゅう》でしょ？」

「つうか、ちょっと用事《ようじ》もあるし」

結局《けっきょく》、颯大《そうた》に押《お》しきられるようにして、道場《どうじょう》からマンションまでの道《みち》を並《なら》んで歩《ある》いた。

「小学生《しょうがくせい》に稽古《けいこ》つけるの、楽《たの》しそうだね。みんな、すごくかわいいし」

それを聞《き》いた颯大《そうた》は、苦笑《にがわら》いしながら頭《あたま》をかいた。

「かわいいだけじゃなくて、今《いま》の小学生《しょうがくせい》ってうまいんだよ。マジで負《ま》けそう」

「まさかっ！　次《つぎ》の大会《たいかい》の優勝候補《ゆうしょうこうほ》の颯大《そうた》が小学生《しょうがくせい》に負《ま》けたりしないよ。小学生《しょうがくせい》の子《こ》たち、みんなキラキラした目《め》で颯大《そうた》のこと見《み》てたよ」

「うわっ、マジで？　ますます負《ま》けられねぇじゃん」

颯大《そうた》、昔《むかし》と変《か》わらないなぁ。

誰《だれ》よりも強《つよ》いのに、絶対《ぜったい》にそれをひけらかしたりはしない。

……あれ？

マンションに近《ちか》づいたところで、気《き》がついた。

「颯大《そうた》。もしかして左足《ひだりあし》、痛《いた》めてる？」

「……痛《いた》めてないよ」

目《め》をそらしたまま答《こた》えた颯大《そうた》の腕《うで》を、グイッとつかんだ。

「痛《いた》めてるときに無理《むり》に歩《ある》いちゃダメだよ！　言《い》ってくれたらひとりで帰《かえ》ったのにっ!!」

「このくらい大丈夫《だいじょうぶ》だっつーの」

「とりあえず、固定《こてい》しなきゃ。うちでテーピングするから来《き》て！」

イヤがる颯大《そうた》を無理《むり》やり部屋《へや》にあげて、足《あし》を冷《ひ》やした。

「大丈夫《だいじょうぶ》かなぁ……」

赤《あか》く腫《は》れている颯大《そうた》の左《ひだり》の足首《あしくび》を、じっと見《み》つめる。

「このくらい、いつものことだから大丈夫《だいじょうぶ》だよ」

「次《つぎ》の大会《たいかい》で優勝《ゆうしょう》ねらってるんだもん。万全《ばんぜん》にコンディションを整《ととの》えておかなきゃダメだよ」

「……道場出《どうじょうで》たときには、そんなに気《き》にならなかったんだけどな。つうか、テーピングくらい自分《じぶん》でできるから大丈夫《だいじょうぶ》だって」

「いいからじっとして」

腫《は》れている颯大《そうた》の左《ひだり》の足首《あしくび》に湿布《しっぷ》をはり、テーピングをしていく。

「早《はや》く治《なお》るといいね」

「りり花《か》、心配《しんぱい》しすぎ。空手《からて》にケガはつきもんだろ。忘《わす》れちゃったか？」

そう言《い》って、ソファから立《た》ち上《あ》がろうとした颯大《そうた》が、ぐらりとバランスをくずした。

前《まえ》のめりにたおれそうになった颯大《そうた》に、あわてて両腕《りょううで》をのばして支《ささ》える。

あぶなかった……！

すると、颯大《そうた》がぎゅっとしがみついてきた。

わわっ⁉

「颯大《そうた》、大丈夫《だいじょうぶ》⁉　立《た》ってられないくらい痛《いた》い⁉」

「別《べつ》の意味《いみ》で、大丈夫《だいじょうぶ》じゃないのかも……。俺《おれ》も男《おとこ》だし」

颯大《そうた》が私《わたし》の耳元《みみもと》でつぶやいたそのとき、

「りりちゃん、なにしてんの？」

玲音《れおん》の声《こえ》がした。

「……え？」

颯大《そうた》を支《ささ》えながらふりむくと、玄関《げんかん》に玲音《れおん》が立《た》っていた。

「あ、玲音《れおん》、おかえりっ」

玄関《げんかん》のカギ、開《あ》けたままだったんだ。

それを聞《き》いた颯大《そうた》は、私《わたし》から手《て》を離《はな》すと驚《おどろ》いたように目《め》を丸《まる》くする。

「『れおん』って、りり花《か》の弟《おとうと》の『れおん』くん？　よく道場《どうじょう》に見《み》に来《き》てたよな？　すっかりデカくなって！　めっちゃくちゃかっこよくなってんじゃん！」

「あの、俺《おれ》、りり花《か》の弟《おとうと》じゃないんすけど」

「え？　そうなの？」

確認《かくにん》するように颯大《そうた》が私《わたし》に顔《かお》を向《む》ける。

「玲音《れおん》は私《わたし》と同《おな》じ中二《ちゅうに》だよ。隣《となり》に住《す》んでるの」

「いつも一緒《いっしょ》にいたから、てっきり弟《おとうと》なんだと思《おも》ってた。……そっか、弟《おとうと》じゃないんだ」

しばらく颯大《そうた》はなにか考《かんが》えるそぶりを見《み》せていたけれど、すぐに左足《ひだりあし》を軽《かる》く引《ひ》きずりながら、玄関《げんかん》に向《む》かった。

「じゃ、りり花《か》ありがとな。また道場《どうじょう》来《こ》いよ。いつでも相手《あいて》してやるから」

いつもどおりに笑《わら》っている颯大《そうた》を見《み》ていたら、胸《むね》が痛《いた》んだ。

「颯大《そうた》、自転車《じてんしゃ》で送《おく》ろうか？」

「りり花《か》がこいで、俺《おれ》がうしろに乗《の》んの？　それなら疲労骨折《ひろうこっせつ》したほうがマシだって」

「疲労骨折《ひろうこっせつ》なんかしたら大会《たいかい》に出《で》られなくなっちゃうよ。本当《ほんとう》に送《おく》らなくて大丈夫《だいじょうぶ》？」

「りり花《か》に送《おく》ってもらうほどヘタレじゃないよ」

「颯大《そうた》、本当《ほんとう》にごめんね」

申《もう》し訳《わけ》なくて、颯大《そうた》の顔《かお》を見《み》ることができなかった。

「お前《まえ》のせいじゃないんだから、謝《あやま》るなよ」

そう言《い》って私《わたし》の頭《あたま》をわしゃわしゃとなでると、颯大《そうた》は帰《かえ》っていった。

あー、もう。どうして颯大《そうた》が左足《ひだりあし》を痛《いた》めてることに、気《き》がつかなかったんだろう……。

「りりちゃん、あいつのこと昔《むかし》から好《す》きだったよね」

夕飯《ゆうはん》を食《た》べていると、玲音《れおん》がぼそっとつぶやいた。

「颯大《そうた》は圧倒的《あっとうてき》に強《つよ》かったから、あこがれてはいたけど。それだけだよ？」

「好《す》きかどうか、なんて見《み》てればわかる」

吐《は》きすてるようにそう言《い》った玲音《れおん》に、目《め》をパチクリさせる。

「玲音《れおん》どうしたの？」

「りり花《か》、あいつとつきあうの？」

目《め》を合《あ》わせないまま玲音《れおん》がつぶやいた。

「え？　なんの話《はなし》？」

「りり花《か》と颯大《そうた》って人《ひと》の話《はなし》」

「どうしてそんなこと言《い》うの？」

「りり花《か》こそ、部屋《へや》にまで連《つ》れこんでるのにどうしてとぼけるんだよ？」

語気《ごき》を強《つよ》める玲音《れおん》に、なんて説明《せつめい》したらいいのかわからない。

「べつに連《つ》れこんだわけじゃないよ。颯大《そうた》が左足《ひだりあし》を痛《いた》めてたから、テーピングしただけだよ？」

「りり花《か》、あいつと抱《だ》きあってたじゃん。俺《おれ》がこんなに早《はや》く帰《かえ》ってくるとは思《おも》わなかったんだろ？」

「ちがうよっ、バランスくずしてたおれそうになった颯大《そうた》を支《ささ》えただけだよ？　玲音《れおん》、どうしたの？　なんだか変《へん》だよ？」

「りり花《か》が変《へん》なんだよ。ごちそうさまでした！　もう、家帰《いえかえ》る」

おはしをテーブルに置《お》くと、玲音《れおん》はとびらを乱暴《らんぼう》に閉《し》めて、出《で》ていってしまった。

なにがなんだかわからなくて、呆然《ぼうぜん》として玲音《れおん》をただ見送《みおく》るしかなかった。


翌日《よくじつ》、朝《あさ》ご飯《はん》の時間《じかん》になっても、玲音《れおん》はうちにやってこなかった。

学校《がっこう》でも、態度《たいど》はそっけないまま。

「りり花《か》、玲音《れおん》くんとケンカしたの？」

沙耶《さや》ちゃんに聞《き》かれて、首《くび》を横《よこ》にふる。

玲音《れおん》とは今《いま》まで何度《なんど》もケンカしてきたけれど、今回《こんかい》はなにかが違《ちが》う。

玲音《れおん》がなにを考《かんが》えているのか、全然《ぜんぜん》わからない。

「ねえねえ隣《となり》のクラスの黒川《くろかわ》さんが玲音《れおん》くんにベタベタくっついてるよ」

ろうかにいる玲音《れおん》を見《み》て、沙耶《さや》ちゃんが顔《かお》をしかめた。

「……昨日《きのう》から玲音《れおん》に避《さ》けられてるんだ。目《め》も合《あ》わせてくれないし」

「そういうことなら、この際《さい》玲音《れおん》くんのお世話係《せわがかり》をあの子《こ》にゆずって、りり花《か》は自由《じゆう》になるってのも、ありかもね！」

沙耶《さや》ちゃんの言葉《ことば》に、胸《むね》がズキッと痛《いた》んだ。

玲音《れおん》から自由《じゆう》になりたいと思《おも》ったことは今《いま》まで一度《いちど》もなかったんだけどな……。

じゃあキスして

夕飯《ゆうはん》の時間《じかん》に玲音《れおん》はうちに来《き》たけど、機嫌《きげん》は悪《わる》いまま。

「玲音《れおん》、なにを怒《おこ》ってるの？」

「……べつに」

「でも、ものすごく怒《おこ》ってるように見《み》える……」

重《おも》い沈黙《ちんもく》が続《つづ》いたあと、玲音《れおん》がゆっくりと口《くち》を開《ひら》いた。

「りりちゃんは……、ものすごく俺《おれ》をふりまわすよね」

「え……？　私《わたし》が？」

「りり花《か》に、俺《おれ》の気持《きも》ちなんてわからないよ」

バンっとおはしを置《お》いて、玲音《れおん》が立《た》ちあがった。

「玲音《れおん》、どうしてそんなに怒《おこ》ってるの？　言《い》ってくれなきゃわからないよ」

玲音《れおん》の正面《しょうめん》に回《まわ》ってじっと見《み》つめる。

「……じゃ、教《おし》えてあげようか？」

「っ⁉」

玲音《れおん》に両肩《りょうかた》を押《お》されて、どさっとソファにたおれこむ。

「玲音《れおん》、ふざけないで」

立《た》ちあがろうとしても、ソファに置《お》かれた玲音《れおん》の両手《りょうて》にはさまれて身動《みうご》きが取《と》れない。

こんなに怒《おこ》っている玲音《れおん》を見《み》たのは、初《はじ》めてだった。

見《み》あげれば、すぐ目《め》の前《まえ》で玲音《れおん》の黒《くろ》い瞳《ひとみ》がゆれている。

「りり花《か》は俺《おれ》のことどう思《おも》ってるの？」

「玲音《れおん》のことは、大好《だいす》きだよ。小《ちい》さいときからずっと、大好《だいす》きだよ」

いつになく真剣《しんけん》な表情《ひょうじょう》で迫《せま》ってくる玲音《れおん》に、いつもどおりの言葉《ことば》を返《かえ》す。

すると、玲音《れおん》が制服《せいふく》のネクタイをゆるめながら小《ちい》さく笑《わら》った。

「**じゃあ、キスして**」

「……え？」

「**りり花《か》から、俺《おれ》にキスして**」

「ど、どうして⁉」

「**俺《おれ》、本気《ほんき》だよ。できないなら俺《おれ》からしてあげようか？**」

——う、うそ。

すぐ目《め》の前《まえ》に玲音《れおん》の瞳《ひとみ》が迫《せま》ってきて、思《おも》わず玲音《れおん》を両手《りょうて》で突《つ》きとばした。

「な、なにバカなこと言《い》ってるの⁉　私《わたし》たちの好《す》きってそういう好《す》きじゃないでしょ⁉」

次《つぎ》の瞬間《しゅんかん》、玲音《れおん》の腕《うで》のなかに閉《と》じこめられた。

息《いき》ができないほど強《つよ》く抱《だ》きしめたあと、玲音《れおん》がトンと私《わたし》の体《からだ》を離《はな》す。

「……俺《おれ》は、りり花《か》のことなんて大嫌《だいきら》い」

そう言《い》って乱暴《らんぼう》にドアを閉《し》めると、玲音《れおん》は出《で》ていってしまった。

玲音《れおん》がなにを考《かんが》えているのか、本当《ほんとう》にわからないよ……。


翌朝《よくあさ》、下駄箱《げたばこ》でうわばきにはきかえていると、沙耶《さや》ちゃんがやってきた。

「おはよ、りり花《か》！　今日《きょう》も玲音《れおん》くんと別々《べつべつ》に登校《とうこう》？　まだ仲直《なかなお》りしてないの？」

「……うん」

「そういえば、りり花《か》、最近《さいきん》、空手《からて》の道場《どうじょう》に行《い》ってるでしょ？」

「どうして知《し》ってるの？」

「うちの弟《おとうと》、りり花《か》と同《おな》じ道場《どうじょう》に通《かよ》ってるんだよ。あこがれの颯大《そうた》さんが、ものすごくかわいい彼女《かのじょ》を連《つ》れてきたって騒《さわ》いでてさ。話《はなし》を聞《き》いたら、りり花《か》のことなんだもん」

そっか、颯大《そうた》が稽古《けいこ》をつけていた小学生《しょうがくせい》のなかに、沙耶《さや》ちゃんの弟《おとうと》くんがいたんだ。

「でも、私《わたし》は颯大《そうた》の彼女《かのじょ》じゃないよ」

「だとしても道着《どうぎ》を着《き》て空手《からて》してる姿《すがた》なんて見《み》ちゃうとトキメかない？　その人《ひと》めちゃくちゃ強《つよ》くてかっこいいんでしょ？」

「たしかに颯大《そうた》は強《つよ》いけど……」

「さては、最近《さいきん》つきあい悪《わる》いのは、その人《ひと》に会《あ》いに行《い》ってるからでしょ⁉」

「道場《どうじょう》に行《い》ってるのは、たんなるストレス発散《はっさん》だよ？」

「じゃ、今日《きょう》どっかいこうよ？」

「うっ……。ご、ごめんっ。今日《きょう》は……」

口《くち》ごもると、沙耶《さや》ちゃんが顔《かお》を寄《よ》せてきた。

「うわっ、あやしいーっ！　秘密主義者《ひみつしゅぎしゃ》め！　じゃ、どこに行《い》くのか言《い》ってみろー！

〝颯大《そうた》さん〟のとこでしょーっ？　正直《しょうじき》に言《い》わないならくすぐりの刑《けい》だっ！」

「や、やめてっ、沙耶《さや》ちゃんー‼」

沙耶《さや》ちゃんとくすぐりあってふざけていると、

「うるさいわね……」

頭上《ずじょう》で冷《つめ》たい声《こえ》がひびいた。

顔《かお》をあげると黒川《くろかわ》さんが目《め》の前《まえ》に立《た》っている。

「吉川《よしかわ》さん、彼氏《かれし》がいるなら、もう玲音《れおん》くんには近《ちか》づかないでね？　目《め》ざわりだし迷惑《めいわく》だから」

黒川《くろかわ》さんはそれだけ言《い》いすてると、ふんっと顔《かお》をそむけて去《さ》っていった。

「はあ!?　なにあれ、感《かん》じ悪《わる》っ！」

「もういいよ、沙耶《さや》ちゃん」

「玲音《れおん》くんもなんなの!?　あんなに『りりちゃん、りりちゃん』ってベッタリくっついてたのに」

沙耶《さや》ちゃんの言葉《ことば》に唇《くちびる》をぎゅっとかんだ。


休《やす》み時間《じかん》。

ろうかでは玲音《れおん》と黒川《くろかわ》さんが話《はな》している。教室《きょうしつ》に背中《せなか》を向《む》けている玲音《れおん》の顔《かお》は見《み》えないけど、黒川《くろかわ》さんはすごく楽《たの》しそう。

「どうして玲音《れおん》があんなに怒《おこ》ってるのか、本当《ほんとう》にわからないんだ」

昨日《きのう》の夜《よる》、玲音《れおん》にキスされそうになったことは、さすがに沙耶《さや》ちゃんにも話《はな》せなかった。

「むずかしいお年《とし》ごろってこと？　まぁ、うちの弟《おとうと》も今《いま》そんな感《かん》じだけどね。甘《あま》えてきたと思《おも》ったら、急《きゅう》に機嫌《きげん》悪《わる》くなったりしてさ。男子《だんし》ってよくわかんないよね」

沙耶《さや》ちゃんの言葉《ことば》に、大《おお》きくうなずいた。


夜《よる》になり憂《ゆう》うつな気分《きぶん》で時計《とけい》をながめる。

遅《おそ》いなぁ……。玲音《れおん》、なにしてるんだろう……。

もうすぐ十一時《じゅういちじ》になるのに玲音《れおん》は帰《かえ》ってこない。

今《いま》までこんなことなかったのに……。まさか、事故《じこ》……とか？

なーんて、友達《ともだち》と遊《あそ》びに行《い》って、スマホの充電《じゅうでん》が切《き》れちゃっただけなのかも！

そうは思《おも》っても、今《いま》までこんなことなかったから、やっぱり落《お》ちつかない。

おじさんはまだ仕事《しごと》から帰《かえ》ってきていないし、おばさんには心配《しんぱい》かけられないし……。

ぐるぐる考《かんが》えていると、スマホが鳴《な》った。

通話《つうわ》ボタンを押《お》すと聞《き》こえてきたのは、玲音《れおん》の声《こえ》ではなくてかわいい女《おんな》の子《こ》の声《こえ》だった。

『黒川《くろかわ》です』

「……え？」

黒川《くろかわ》さんがどうして玲音《れおん》のスマホを使《つか》ってるんだろう？

『いま、私《わたし》、玲音《れおん》くんと一緒《いっしょ》にいるの。私《わたし》たちつきあうことになったから、その報告《ほうこく》』

「あ、……うん」

玲音《れおん》が無事《ぶじ》でよかったけど……。

『ってことで、今後《こんご》いっさい、玲音《れおん》くんに近《ちか》づかないで。玲音《れおん》くんも迷惑《めいわく》だって言《い》ってるから！』

そこでプツリと電話《でんわ》が切《き》れてしまい、しばらく呆然《ぼうぜん》としていた。

……そっか、玲音《れおん》、黒川《くろかわ》さんと一緒《いっしょ》にいるんだ。

玲音《れおん》は私《わたし》のこと、ずっと迷惑《めいわく》だって思《おも》ってたのかな……。

じわじわと胸《むね》の奥《おく》が苦《くる》しくなって、目《め》をつぶった。

〜玲音《れおん》side《サイド》〜


「ねぇ、玲音《れおん》くん。今日《きょう》はずっと一緒《いっしょ》にいようよっ」

「俺《おれ》は帰《かえ》るから、ひとりでどうぞ」

黒川《くろかわ》さんに背《せ》を向《む》けて、荷物《にもつ》を持《も》って立《た》ちあがった。

友達《ともだち》とカラオケに行《い》ったら、なぜだかその場《ば》に黒川《くろかわ》さんがいた。

あげく勝手《かって》に人《ひと》のスマホでりり花《か》に電話《でんわ》して、あることないことしゃべって、気《き》がつけばふたりきり。いいかげんにしてくれ。

つうか、頭《あたま》は痛《いた》いし、寒気《さむけ》がするし、最悪《さいあく》だ。

すると、黒川《くろかわ》さんに制服《せいふく》のすそをつかまれた。

「あのね、よかったら明日《あした》から私《わたし》が玲音《れおん》くんのお弁当作《べんとうつく》っていくよ？　これでも料理《りょうり》には自信《じしん》があるんだ。吉川《よしかわ》さんのお弁当《べんとう》より、ずっとおいしいと思《おも》うよ？」

「でも、俺《おれ》、りり花《か》が作《つく》ったものしか食《く》いたくない」

冷《つめ》たく答《こた》えると、黒川《くろかわ》さんの顔《かお》がけわしくなる。

「吉川《よしかわ》さんにも彼氏《かれし》ができたみたいだし、玲音《れおん》くんもいいかげん吉川《よしかわ》さんから離《はな》れたら？」

……は？　……りり花《か》に彼氏《かれし》？

驚《おどろ》いて黙《だま》りこむと、なにをかんちがいしたのか黒川《くろかわ》さんが続《つづ》ける。

「吉川《よしかわ》さんって、男子《だんし》にちょっとモテるからって調子《ちょうし》にのってるわよね。玲音《れおん》くんをひとりじめしていい気《き》になってるし。ほんと、ムカつく」

「……だから、りり花《か》に嫌《いや》がらせしたんだ？　りり花《か》がモテるのがおもしろくなくて」

「べ、べつに、そんなんじゃ……」

とたんに視線《しせん》を泳《およ》がせた黒川《くろかわ》さんに、低《ひく》い声《こえ》を出《だ》す。

「あのさ、りり花《か》は自分《じぶん》がモテてることに気《き》づいてないよ。**俺《おれ》が気《き》づかせないように、りり花《か》をひとりじめしてきたんだから**」

「で、でも、私《わたし》は玲音《れおん》くんのことを本気《ほんき》で……」

「あんたは俺《おれ》に興味《きょうみ》があるんじゃなくて、りり花《か》のモノを横取《よこど》りしたかっただけだろ」

「そ、そういうわけじゃ」

俺《おれ》は笑顔《えがお》を消《け》して、さらに声《こえ》をとがらせた。

「**俺《おれ》、あんたみたいな女《おんな》、一番《いちばん》キライ。次《つぎ》にりり花《か》にくだらないイタズラしたら、マジで**

許《ゆる》さないから」

「待《ま》って、玲音《れおん》くん！」

「もう俺《おれ》に近《ちか》づいてこないでね。迷惑《めいわく》」

ベタベタと触《さわ》ってくる黒川《くろかわ》さんの手《て》をふりほどいて出口《でぐち》に向《む》かった。

店《みせ》を出《で》てひとりで夜《よる》の街《まち》を歩《ある》きながら、月《つき》をあおぐ。

そうだよ、俺《おれ》がずっとりり花《か》を独占《どくせん》してきたんだ。

でも、りり花《か》にとって俺《おれ》はいつまでたっても〝かわいい玲音《れおん》〟のまま。

男《おとこ》としては見《み》てもらえない。

りり花《か》の無邪気《むじゃき》な笑顔《えがお》や優《やさ》しい手《て》のひらが、べつの男《おとこ》のものになるのを近《ちか》くで見《み》るくらいなら、りり花《か》に嫌《きら》われたほうがマシだ。

りり花《か》の「好《す》き」は俺《おれ》の「好《す》き」とは違《ちが》う。

『玲音《れおん》のことは、大好《だいす》きだよ。小《ちい》さいときからずっと、大好《だいす》きだよ』

りり花《か》の言葉《ことば》が頭《あたま》から離《はな》れない。

世界《せかい》で一番優《いちばんやさ》しくて、世界《せかい》で一番残酷《いちばんざんこく》なりり花《か》の言葉《ことば》だ。

～りり花《か》side《サイド》～


黒川《くろかわ》さんとの電話《でんわ》を切《き》ってしばらく悩《なや》んだあと、玲音《れおん》の家《いえ》の前《まえ》で待《ま》つことにした。

迷惑《めいわく》だって言《い》われちゃうかもしれないけど、ちゃんと玲音《れおん》と話《はな》さなきゃ。

落《お》ちつかない気持《きも》ちで待《ま》っていると、玲音《れおん》がやっと帰《かえ》ってきた。

ふらふらと足元《あしもと》のおぼつかない玲音《れおん》を見《み》て、ハッとする。

「玲音《れおん》、もしかして熱《ねつ》がある？」

そっと触《ふ》れると、おでこは熱《あつ》くて汗《あせ》ばんでいる。

玲音《れおん》を支《ささ》えながら部屋《へや》まで連《つ》れていくと、ベッドに寝《ね》かせた。

「大丈夫《だいじょうぶ》？　薬《くすり》、飲《の》む？」

「……りりちゃんはさ、俺《おれ》がほかの女《おんな》の子《こ》と遊《あそ》びに行《い》っても全然気《ぜんぜんき》にならないんだね？」

玲音《れおん》が私《わたし》から顔《かお》を背《そむ》けたままつぶやいた。

「え？」

「本当《ほんとう》に俺《おれ》のことなんか、なんとも思《おも》ってないんだね？」

「玲音《れおん》、なに言《い》ってるの？　ずっと心配《しんぱい》してたんだよ」

「『心配《しんぱい》』なんてしなくていいよ。もうさ、俺《おれ》のことなんてほっといてよ」

「こんな時間《じかん》まで遊《あそ》び歩《ある》いてる玲音《れおん》を、ほっとけるはずないでしょっ」

そう言《い》ったとたん、すごい力《ちから》で玲音《れおん》に腕《うで》をつかまれた。

「えっ!?」

うわわっ!!

玲音《れおん》に強《つよ》く引《ひ》っぱられて、ぐるんと世界《せかい》がひっくりかえる。

気《き》がついたときには、体勢《たいせい》が逆転《ぎゃくてん》していた。

ベッドにあおむけに転《ころ》がった私《わたし》の上《うえ》に、玲《れ》

音《おん》がおおいかぶさっている。

「玲音《れおん》、熱《ねつ》があるんだから、おとなしくしないとダメだよ！　私《わたし》ももう帰《かえ》らなきゃ」

そう言《い》って起《お》きあがろうとするけど、玲音《れおん》がものすごい力《ちから》で私《わたし》を押《お》さえつける。

「あー、もうっ！　離《はな》してっ！」

手足《てあし》をバタつかせて起《お》きあがろうとしても、身動《みうご》きがとれない。

玲音《れおん》なんて簡単《かんたん》に投《な》げとばせると思《おも》ってたのに……。

「もう、玲音《れおん》!!　離《はな》してって言《い》ってるのっ!!」

「りりちゃんはさ、なんにもわかってないよね？」

そのまま、玲音《れおん》はゆっくりと私《わたし》に顔《かお》を寄《よ》せた。

「玲音《れおん》？　……どうしたの？」

熱《ねつ》でほてった顔《かお》を近《ちか》づけてきた玲音《れおん》は、そのまま、**私《わたし》に……キスをした。**

——え？

唇《くちびる》を離《はな》すと、私《わたし》の手首《てくび》をつかんだまま、じっと私《わたし》を見《み》おろしている。

「れ、玲音《れおん》っ！　熱《ねつ》でおかしくなってる！　しっかりして！」

ジタバタと暴《あば》れながらそう言《い》うと、玲音《れおん》はもう一度《いちど》唇《くちびる》を近《ちか》づけてきた。

「ちょっ、玲音《れおん》っ!!　いい加減《かげん》にして!」

「りり花《か》、俺《おれ》、熱《ねつ》のせいでキスしたわけじゃないよ」

「……玲音《れおん》、なにを言《い》ってるの?」

「りり花《か》は、俺《おれ》が本当《ほんとう》に昔《むかし》のまま変《か》わってないと思《おも》ってるの?　俺《おれ》、好《す》きな子《こ》とキスだってなんだってしたい普通《ふつう》の男《おとこ》だよ?」

言葉《ことば》を失《うしな》い息《いき》をのんで玲音《れおん》を見《み》あげた。

「昔《むかし》のままの俺《おれ》でいたら、りり花《か》の一番近《いちばんちか》くにいられると思《おも》って、りり花《か》に甘《あま》えてただけだよ?　俺《おれ》、りり花《か》が想像《そうぞう》もできないようなことだって妄想《もうそう》する。**いつまでも、りり花《か》のかわいい玲音《れおん》クンだとでも思《おも》ってた?**　変《か》わってないのはりり花《か》だけだよ」

そう言《い》うと、玲音《れおん》は私《わたし》の首筋《くびすじ》に唇《くちびる》をあてた。

頭《あたま》の中《なか》がまっしろになって、呆然《ぼうぜん》としたそのとき、ガチャリとカギが回《まわ》る音《おと》がした。

玲音《れおん》のお父《とう》さんが帰《かえ》ってきたんだ!

玲音《れおん》が気《き》を取《と》られたすきに、両足《りょうあし》で思《おも》いきり玲音《れおん》を蹴《け》とばして、玲音《れおん》の部屋《へや》を飛《と》びだした。

「ああ、りりちゃん来《き》てたのか」

「こ、こんばんは!!」

おじさんへのあいさつもそこそこに、自分《じぶん》の家《いえ》にかけこんだ。

心臓《しんぞう》がドクンドクンと、はげしく脈打《みゃくう》っている。

初《はじ》めて玲音《れおん》のことを、怖《こわ》いと思《おも》った。

まるで知《し》らない男《おとこ》の人《ひと》みたいだった……。

あんなの、玲音《れおん》じゃない……。

……玲音《れおん》のバカ。


翌日《よくじつ》の学校《がっこう》では、玲音《れおん》となるべく顔《かお》を合《あ》わせないようにして過《す》ごした。

一晩《ひとばん》たったら、怖《こわ》さよりも悲《かな》しみよりも、フツフツと怒《いか》りがわきあがってきた。

「りり花《か》、どうしたの?」

「……なんでもない」

いつもどおり、教室《きょうしつ》で友達《ともだち》とふざけあっている玲音《れおん》にとがった視線《しせん》を向《む》ける。

あんなことして、絶対《ぜったい》に許《ゆる》さないんだからっ!

放課後《ほうかご》、ろうかでばったり黒川《くろかわ》さんに会《あ》うと、「この前《まえ》の電話《でんわ》、全部《ぜんぶ》、忘《わす》れて」と気《き》まずそうにパッと目《め》をそらされた。
もうなにがなんだか、わからないよ……。

幼《おさな》なじみの本心《ほんしん》

放課後《ほうかご》、病院行《びょういんい》きのバスを待《ま》っていて気《き》がついた。

「あれ？」

お母《かあ》さんと玲音《れおん》のお父《とう》さんから何件《なんけん》もの着信《ちゃくしん》が入《はい》っている。

嫌《いや》な予感《よかん》がしてすぐにお母《かあ》さんに電話《でんわ》すると、おばさんの容体《ようだい》が急変《きゅうへん》したことを告《つ》げられた。

『玲音《れおん》くんにも連絡《れんらく》してくれる？　玲音《れおん》くんのお父《とう》さんが連絡《れんらく》とれないんだって』

「わかった」

お母《かあ》さんにはそう答《こた》えたけど、頭《あたま》の中《なか》が真《ま》っ白《しろ》になってなにも考《かんが》えられない。

おばさんの容体《ようだい》が、急変《きゅうへん》……ってどういうこと……？

……あ、電話《でんわ》っ。とりあえず玲音《れおん》に電話《でんわ》、しないとっ……！

ふるえる指先《ゆびさき》で玲音《れおん》に電話《でんわ》をかけるけれど、なかなかつながらない。

しばらくして聞《き》こえてきたのは、機械的《きかいてき》なアナウンスの声《こえ》だった。

『この電話番号《でんわばんごう》はお客様《きゃくさま》のご都合《つごう》によりおつなぎすることができません……』

このアナウンスって……。

私《わたし》、もしかして、着信拒否《ちゃくしんきょひ》されてる?

なんで!? こんなときに!!

あーっ、もうっ!! とりあえず、病院《びょういん》に急《いそ》ごう。

玲音《れおん》のお母《かあ》さんのわずらっている病気《びょうき》は、難病《なんびょう》の一種《いっしゅ》に指定《してい》されていて、病状《びょうじょう》が急激《きゅうげき》に悪化《あっか》することがある。

一緒《いっしょ》に折《お》り紙《がみ》をして遊《あそ》んでいたおばさんが、突然意識《とつぜんいしき》をなくして集中治療室《しゅうちゅうちりょうしつ》に運《はこ》ばれたこともあった。

お母《かあ》さんはそんなおばさんをずっと見《み》てきたから、玲音《れおん》を我《わ》が子《こ》のようにかわいがり、私《わたし》と一緒《いっしょ》に育《そだ》ててきたのかもしれない。

でも、わたしはおばさんが病気《びょうき》だから……とか、そんな理由《りゆう》ではなくて、ただ、おばさんと一緒《いっしょ》に過《す》ごす時間《じかん》が……好《す》きだった。

バスにゆられて、夕闇《ゆうやみ》に染《そ》まりはじめた空《そら》を見《み》つめながら、幼《おさな》いころのことを思《おも》いだす。

まだ保育園《ほいくえん》のころ、玲音《れおん》がおばさんに会《あ》いたがって泣《な》きだしたことがあった。おじさんの仕事《しごと》が忙《いそが》しくて病院《びょういん》に行《い》けない日《ひ》が続《つづ》いていて、どれだけはげましても玲《れ》音《おん》は泣《な》きやんではくれなかった。

それなら私《わたし》が玲音《れおん》を病院《びょういん》まで連《つ》れていこうと、玲音《れおん》と一緒《いっしょ》にバスに乗《の》った。

けれど、行《い》き先《さき》の違《ちが》うバスに乗《の》ってしまった私《わたし》たちが降《お》りたのは、見《み》ず知《し》らずの停留《ていりゅう》所《じょ》。

暗《くら》くなりはじめた知《し》らない土地《とち》で、泣《な》きつづける玲音《れおん》の手《て》をにぎりながら、本当《ほんとう》は私《わたし》も不安《ふあん》でたまらなかったんだ。

『大丈夫《だいじょうぶ》、もうすぐ着《つ》くよ。もうすぐおばさんに会《あ》えるからね』

必死《ひっし》に玲音《れおん》に伝《つた》えつづけたけれど、私《わたし》も怖《こわ》くて膝《ひざ》がガクガクとふるえていた。

迷《まよ》いながらたどりついた交番《こうばん》で、事情《じじょう》を知《し》った警察官《けいさつかん》がおばさんの病院《びょういん》まで私《わたし》たちを連《つ》れていってくれた。

無事《ぶじ》におばさんの病室《びょうしつ》に着《つ》くと、おばさんは玲音《れおん》と私《わたし》を同時《どうじ》にギュッと抱《だ》きしめた。

『りりちゃん、よくがんばったわね。怖《こわ》かったわよね。玲音《れおん》をここまで連《つ》れてきてくれて、ありがとう』

そう言《い》いながらおばさんは、優《やさ》しく私《わたし》の頭《あたま》をなでてくれた。

本当《ほんとう》は不安《ふあん》でたまらなかった私《わたし》は、おばさんの胸《むね》のなかでわんわん泣《な》いたっけ。

大丈夫《だいじょうぶ》。おばさんは絶対《ぜったい》に死《し》んだりしない。

おばさん……は、大丈夫《だいじょうぶ》……。

バスの振動《しんどう》に合《あ》わせて、にぎりしめたこぶしに涙《なみだ》がポタポタとこぼれた。

玲音《れおん》のバカッ……。こんなときに……。

バスを降《お》りると、全力疾走《ぜんりょくしっそう》で病院《びょういん》の入《い》り口《ぐち》に向《む》かう。

待《ま》ちあい室《しつ》に着《つ》くと、すぐにおじさんが集中治療室《しゅうちゅうちりょうしつ》の前《まえ》まで案内《あんない》してくれた。

「すみません、おじさん。玲音《れおん》と連絡《れんらく》がとれなくて……」

不安《ふあん》で声《こえ》がかすれた。

「留守電《るすでん》には残《のこ》しておいたから、そのうち来《く》るだろう。それより、りりちゃん。いつも、玲音《れおん》の面倒《めんどう》を見《み》させてしまって、ごめんな」

だまって首《くび》を横《よこ》にふると、こらえていた涙《なみだ》がまたひとつこぼれた。

集中治療室《しゅうちゅうちりょうしつ》の前《まえ》の長《なが》イスで、おじさんと並《なら》んで座《すわ》る。

おばさんは大丈夫《だいじょうぶ》、絶対《ぜったい》に大丈夫《だいじょうぶ》……。

何度《なんど》も心《こころ》の中《なか》でくりかえすけれど、病院《びょういん》の静《しず》けさに不安《ふあん》は増《ま》すばかり。

集中治療室《しゅうちゅうちりょうしつ》の前《まえ》でおばさんの無事《ぶじ》を祈《いの》って二時間近《にじかんちか》くがすぎたころ、ようやく玲音《れおん》は病院《びょういん》にやってきた。

パチン!!

気《き》がつくと、玲音《れおん》の頬《ほお》を思《おも》いきりたたいていた。

「玲音《れおん》、こんなときになにしてるの!? 私《わたし》のことを着信拒否《ちゃくしんきょひ》しても無視《むし》してもいいっ！ でも、病院《びょういん》からの連絡《れんらく》くらいは、ちゃんととりなさいよっ!!」

「**りり花《か》には関係《かんけい》ないだろっ**」

私《わたし》から目《め》をそむけたままそうつぶやいた玲音《れおん》に、怒《いか》りがこみあげる。

「私《わたし》には関係《かんけい》なかったとしても、玲音《れおん》には関係《かんけい》あることでしょっ！」

「関係《かんけい》ねぇんだよ。あの人《ひと》も……」

「あの人《ひと》……？」

信《しん》じられない思《おも》いで、玲音《れおん》を見《み》つめた。

「生《う》まれたときからずっと入院《にゅういん》してて、こんなときだけ母親《ははおや》ですって言《い》われたって、なんにも感《かん》じないんだよっ!!」

「おばさんのこと、そんなふうに言《い》わないで！」

泣《な》きながら玲音《れおん》にうったえると、玲音《れおん》のお父《とう》さんが私《わたし》たちをさえぎった。

「りりちゃん、ありがとう。ちょっと玲音《れおん》と大切《たいせつ》な話《はなし》があるからいいかな」

だまってうなずくと、おじさんは玲音《れおん》を連《つ》れて主治医《しゅじい》の先生《せんせい》と奥《おく》の部屋《へや》に入《はい》っていった。

誰《だれ》もいなくなったろうかで、長《なが》イスに座《すわ》ってギュッと唇《くちびる》をかみしめる。

不安《ふあん》におしつぶされそうで、制服《せいふく》のスカートのすそを強《つよ》くにぎりしめた。

しばらくすると、説明《せつめい》を聞《き》きおえた玲音《れおん》が奥《おく》の部屋《へや》から出《で》てきた。

おじさんはまだ奥《おく》の部屋《へや》で、主治医《しゅじい》の先生《せんせい》と話《はな》している。

「おばさんは？　大丈夫《だいじょうぶ》なの!?」

「手術《しゅじゅつ》することになるかもしれない……」

淡々《たんたん》と伝《つた》えられたその言葉《ことば》に、目《め》の前《まえ》がまっ暗《くら》になった。

玲音《れおん》のお母《かあ》さんは以前《いぜん》、強《つよ》い拒絶反応《きょぜつはんのう》を起《お》こしたことがあって、輸血《ゆけつ》を受《う》けることができない。

だから、手術《しゅじゅつ》となるとものすごく高《たか》いリスクを背負《せお》うことになる。

おばさんの背負《せお》うリスク……。

それは、もう二度《にど》とおばさんに会《あ》えなくなってしまうことだから。

集中治療室《しゅうちゅうちりょうしつ》に医師《いし》が出入《でい》りするたびに、おばさんの容体《ようだい》が急変《きゅうへん》したのではないかと、心臓《しんぞう》がにぶい音《おと》をひびかせる。

玲音《れおん》も、集中治療室《しゅうちゅうちりょうしつ》の重《おも》いとびらが開閉《かいへい》するたびに、体《からだ》をかたくしていた。

「……あのね、玲音《れおん》の好《す》きなハンバーグやグラタンや肉《にく》じゃが、あれってうちのお母《かあ》さんの味《あじ》じゃないんだよ」

「なんの話《はなし》だよ、いきなり……」

ぶっきらぼうにそう言《い》った玲音《れおん》を無視《むし》して、話《はな》しつづける。

「私《わたし》がうちのお母《かあ》さんに教《おそ》わったのは、ご飯《はん》の炊《た》きかたとパスタのゆでかたくらい」

「だから、なんの話《はなし》してんだよ……」

顔《かお》をしかめる玲音《れおん》のことをじっと見《み》つめた。

「全部《ぜんぶ》、おばさんの味《あじ》なの。私《わたし》に料理《りょうり》を教《おし》えてくれたのは、玲音《れおん》のお母《かあ》さんなんだよ」

「……は？」

「小学生《しょうがくせい》のころにね、私《わたし》がお料理《りょうり》上手《じょうず》になりたいんだ！　っておばさんに話《はな》したら、レシピをまとめたノートをくれたの」

「うちの母《かあ》さんがりり花《か》に？」

驚《おどろ》く玲音《れおん》に、だまってうなずいた。

「おばさん、『玲音《れおん》に、母親《ははおや》らしいことをなにひとつしてあげられなくて、なさけない。手料理《てりょうり》ひとつ食《た》べさせてあげられない』って、泣《な》いてた……」

あの日《ひ》のおばさんを思《おも》いだすと、つらくてたまらなくなる。

「それで『もし、お願《ねが》いできるならいつか私《わたし》のかわりに玲音《れおん》に料理《りょうり》を作《つく》ってあげてほしい』って、おばさんにたのまれたの……」

あの日《ひ》のおばさんの涙《なみだ》にぬれた顔《かお》を思《おも》いだして、目《め》をふせた。

「だから、玲音《れおん》が好《す》きな鶏《とり》のからあげも、グラタンもコロッケもおばさんの味《あじ》なの。玲音《れおん》の好《す》きなもの、全部《ぜんぶ》、おばさんに教《おし》えてもらったんだよ」

おばさんの話《はなし》をしていたら、おばさんに会《あ》いたくなって涙《なみだ》が浮《う》かんできた。

「うちのお母《かあ》さんは仕事《しごと》で忙《いそが》しかったから。お料理《りょうり》や家《いえ》のことをお母《かあ》さんのかわりに私《わたし》に教《おし》えてくれたのは、おばさんなんだよ」

玲音《れおん》のおばさんは、私《わたし》にとって大切《たいせつ》なもうひとりのお母《かあ》さんだった。

病院《びょういん》でおばさんと話《はな》せる時間《じかん》が、なによりも楽《たの》しみだった。

「なんでそんなに母《かあ》さんと会《あ》ってんだよ……」

「中学《ちゅうがく》に入《はい》ってから、玲音《れおん》は部活《ぶかつ》が忙《いそが》しくて、全然病院《ぜんぜんびょういん》に行《い》かなくなったから……」

それを聞《き》いて、玲音《れおん》が動《うご》きを止《と》めた。

「りり花《か》、もしかして病院《びょういん》に来《く》るために部活《ぶかつ》に入《はい》んなかったの……？」

「私《わたし》は、自分《じぶん》がやりたいと思《おも》ったことしかしてない。私《わたし》がおばさんに会《あ》いたくて、ここに来《き》てただけだよ」

とびらの向《む》こうにいるおばさんのことを思《おも》いながら、じっと玲音《れおん》を見《み》つめた。

「おばさんは病院《びょういん》で、毎日《まいにち》、玲音《れおん》のことを考《かんが》えてた。なにもしてあげられないって自分《じぶん》のことを責《せ》めながら、毎日《まいにち》玲音《れおん》のことを想《おも》っていたの。だから、おばさんのこと、関係《かんけい》ないなんて言《い》わないで。『あの人《ひと》』なんて言《い》いかたしないでっ」

くやしくて悲《かな》しくて、こらえていた涙《なみだ》がポロポロとこぼれてきた。

玲音《れおん》はただ、下《した》を向《む》いて肩《かた》をふるわせている。

昔《むかし》だったらこんなときは、ぎゅっと抱《だ》きしめてあげることができた。

でも、玲音《れおん》の骨《ほね》ばった大《おお》きな背中《せなか》は、あのころとは違《ちが》う。

もう、玲音《れおん》は声《こえ》をあげて泣《な》いたりはしないんだ。

歯《は》を食《く》いしばって涙《なみだ》をこらえている玲音《れおん》を見《み》ながら思《おも》う。

玲音《れおん》はもう、かわいかった私《わたし》の玲音《れおん》じゃない。

ひとりの中学生《ちゅうがくせい》の男《おとこ》の子《こ》なんだ……。

私《わたし》たちはもう、昔《むかし》のままの私《わたし》たちじゃない……。

静《しず》かなろうかで、言葉《ことば》を交《か》わさないまま、時間《じかん》だけがただ過《す》ぎていった。

時計《とけい》の針《はり》が十一時《じゅういちじ》を指《さ》したころ、仕事帰《しごとがえ》りのスーツ姿《すがた》でお母《かあ》さんがやってきた。

お母《かあ》さんは、玲音《れおん》のお父《とう》さんと二言三言《ふたことみこと》を交《か》わすと、カバンから車《くるま》のキーを取《と》りだす。

「りり花《か》、玲音《れおん》くん、いったん家《いえ》に帰《かえ》りましょう。ふたりとも、明日《あした》は学校《がっこう》でしょう」

「玲音《れおん》、もし、なにかあったらすぐに連絡《れんらく》するから」

玲音《れおん》のお父《とう》さんがそう声《こえ》をかけると、玲音《れおん》はだまったまま首《くび》を横《よこ》にふった。

「俺《おれ》はここに残《のこ》る」

ポツリとそれだけ言《い》った玲音《れおん》を、おじさんはだまって見《み》つめていた。

「おじさん、なにかあったらすぐに連絡《れんらく》ください」

おじさんに頭《あたま》をさげて、お母《かあ》さんと一緒《いっしょ》に駐車場《ちゅうしゃじょう》に向《む》かった。

本当《ほんとう》は一晩中《ひとばんじゅう》おばさんのところにいたかったけれど、今《いま》おばさんのそばについているべきなのは私《わたし》じゃなくて、玲音《れおん》だから。

身動《みうご》きひとつしない玲音《れおん》に、なんて声《こえ》をかければいいのかわからないまま、病院《びょういん》をあとにした。

~玲音《れおん》side《サイド》~

ほとんど眠《ねむ》らず、父《とう》さんとも話《はな》さないまま、病院《びょういん》のろうかで朝《あさ》をむかえた。

白《しろ》くかすんだ朝日《あさひ》に包《つつ》まれながら、父《とう》さんがポツリとつぶやく。

「玲音《れおん》、……覚悟《かくご》だけはしておけ」

父《とう》さんの言葉《ことば》に、うなずくことさえできなかった。

俺《おれ》は母《かあ》さんになにもしてやれてない。

母《かあ》さんのところに会《あ》いに来《く》ることすら、していなかった。

たのむから、たのむから、生《い》きてくれ……。


静《しず》かな病院《びょういん》で、なにも喉《のど》を通《とお》らず、朝《あさ》か夜《よる》かもわからないまま過《す》ごした。

いったん自宅《じたく》に戻《もど》れという、父《とう》さんの言葉《ことば》を無視《むし》しつづけて。

そして母《かあ》さんが入院病棟《にゅういんびょうとう》に戻《もど》って三日目《みっかめ》。やっと面会《めんかい》の許可《きょか》がおりた。

「玲音《れおん》、お母《かあ》さんと少《すこ》し話《はな》すか?」

父《とう》さんの言葉《ことば》にだまってうなずく。

病室《びょうしつ》に入《はい》ると、いつもより青《あお》ざめた顔《かお》で母《かあ》さんはベッドに横《よこ》たわっていた。

「玲音《れおん》、心配《しんぱい》かけてごめんね」

母《かあ》さんと目《め》を合《あ》わせられず、だまって首《くび》をふることしかできない。

こうして病室《びょうしつ》で話《はな》すのはいつぶりだろう。

『よくなる見《み》こみはない。効果的《こうかてき》な治療法《ちりょうほう》を探《さが》していくしか……』

父《とう》さんが担当医《たんとうい》と話《はな》しているのを聞《き》いてしまったあの日《ひ》から、母《かあ》さんに会《あ》うのが怖《こわ》くなった。

力《ちから》なく笑《わら》う母《かあ》さんがそのまま消《き》えてしまいそうで、母《かあ》さんと目《め》を合《あ》わせられなくなっていった。

母《かあ》さんの前《まえ》で不安《ふあん》や動揺《どうよう》をかくしとおせる自信《じしん》がなくて、気《き》がつけば病院《びょういん》から足《あし》が遠《とお》のくようになっていたんだ。

昔《むかし》のことを思《おも》いだし、なにも言《い》えずにうつむいていると、血色《けっしょく》を失《うしな》い瞳《ひとみ》をくぼませた母《かあ》さんがゆっくりと口《くち》を開《ひら》いた。

「玲音《れおん》、りりちゃんとケンカしてるの？」

「……え？」

「最近《さいきん》ね、りりちゃん、まったく玲音《れおん》の話《はなし》をしなくなったの」

荒《あら》い呼吸《こきゅう》のなか、とぎれとぎれに話《はな》す母《かあ》さんから目《め》をそらす。

いいかげんなことばかりしてきた俺《おれ》が、母《かあ》さんに話《はな》せることなんてなかったから。

「玲音《れおん》、それ、見《み》て」

ふと母《かあ》さんから手《て》わたされたスマホを開《ひら》くと、俺《おれ》の写真《しゃしん》がずらりと並《なら》んでいた。

サッカーをしていたり、教室《きょうしつ》で友達《ともだち》と笑《わら》っていたり、りり花《か》の家《いえ》でテレビを見《み》ていたり、飯《めし》を食《く》ってたり。

そこには俺《おれ》の日常《にちじょう》がそのままうつしだされていた。

「中学《ちゅうがく》に入《はい》って、あなたが部活《ぶかつ》で忙《いそが》しくなったころから、りりちゃんがあなたの写真《しゃしん》を送《おく》ってくれるようになったの。写真《しゃしん》で見《み》るあなたの姿《すがた》に、すごくはげまされたのよ」

そこまで言《い》うと、母《かあ》さんは呼吸《こきゅう》をととのえた。

「もう、話《はな》さなくていいから……」

けれど、母《かあ》さんは俺《おれ》の言葉《ことば》を無視《むし》して話《はな》しつづけた。

「最近《さいきん》のりりちゃんは少《すこ》し様子《ようす》がおかしかったの。『玲音《れおん》、試合前《しあいまえ》で練習《れんしゅう》が忙《いそが》しくて病院《びょういん》に来《こ》られないんです』、『おばさんにすごく会《あ》いたがってますよ』とは言《い》ってくれたけど……。さすがにお母《かあ》さんも小《ちい》さいころからりりちゃんのことを見《み》てるんだもん。わかるわよね、そんなウソ」

母《かあ》さんの言葉《ことば》に唇《くちびる》をかみしめた。

「あなたがなにをしていようが、自分《じぶん》で責任《せきにん》を取《と》れることならかまわない。でも、あなたのことを心配《しんぱい》しながら、私《わたし》を気《き》づかって過《す》ごしてきたりりちゃんの気持《きも》ちを考《かんが》えたら……。もう、これ以上《いじょう》、りりちゃんには甘《あま》えられない。**玲音《れおん》、りりちゃんから離《はな》れなさい**」

「……え？」

驚《おどろ》いて顔《かお》を上《あ》げると、強《つよ》い瞳《ひとみ》で見《み》つめられた。

「りりちゃん、今《いま》、部活《ぶかつ》にも入《はい》っていなければ、道場《どうじょう》にも通《かよ》ってないのね。私《わたし》と、あなたのため……よね？」

母《かあ》さんに見《み》つめられて、なさけなくて顔《かお》をあげることができなかった。

検査《けんさ》の時間《じかん》が来《き》てしまい、その日《ひ》はそれ以上《いじょう》母《かあ》さんと話《はな》すことはできなかった。

明日《あした》また病院《びょういん》に来《く》ることを伝《つた》えて、病院《びょういん》を出《で》た。

バスの中《なか》で、手《て》のひらに感《かん》じた母《かあ》さんの細《ほそ》い腕《うで》を思《おも》いだしてこぶしをにぎる。

有効《ゆうこう》な治療法《ちりょうほう》のない病《やまい》とたたかいながら、年々《ねんねん》やせ細《ほそ》っていく母《かあ》さんを見《み》るのはキツかった。

母《かあ》さんに会《あ》った日《ひ》は、母《かあ》さんを失《うしな》うかもしれないという恐怖感《きょうふかん》で眠《ねむ》れなかった。

だから、病院《びょういん》に行《い》った日《ひ》の夜《よる》はいつも、あれこれ言《い》い訳《わけ》をしてりり花《か》のベッドにもぐりこんで一緒《いっしょ》に眠《ねむ》った。

りり花《か》の寝息《ねいき》を聞《き》きながら、眠《ねむ》ってしまったりり花《か》を胸《むね》に抱《だ》いて、声《こえ》を殺《ころ》して泣《な》いた。

そんな思《おも》いをするならと、母《かあ》さんの存在《そんざい》から目《め》をそらして生活《せいかつ》するようになった俺《おれ》に、りり花《か》はなにも言《い》わなかった。

俺《おれ》の弱《よわ》さもわがままも、りり花《か》がすべてを受《う》け止《と》めてくれたから、俺《おれ》は今日《きょう》までやってこれたのに。

自分《じぶん》の気持《きも》ちをぶつけてばかりいた自分《じぶん》が、なさけなかった。

母《かあ》さんに言《い》われた言葉《ことば》が、頭《あたま》の中《なか》をグルグルと回《まわ》っていた。

～りり花side《かサイド》～


病院《びょういん》で会《あ》ったあの日《ひ》から、玲音《れおん》はずっと学校《がっこう》を休《やす》んでいる。

おばさんは大丈夫《だいじょうぶ》なのかな……。

玲音《れおん》は、どうしてるんだろう……。

そんなことを考《かんが》えながら宿題《しゅくだい》をしていると、玄関《げんかん》のチャイムがなった。

ドアを開《あ》けると、立《た》っていたのは玲音《れおん》。

あまり寝《ね》ていないのか、顔色《かおいろ》がよくない。

「入《はい》っていい？」

そうつぶやいた玲音《れおん》に、小《ちい》さくうなずいた。


「おばさんは？」

玲音《れおん》が玄関《げんかん》に入《はい》ると、一番気《いちばんき》になっていたことをまっさきにたずねた。

「薬《くすり》が効《き》いて落《お》ちついてきた。今日《きょう》は少《すこ》し話《はなし》もできた」

「手術《しゅじゅつ》は？」

「今回《こんかい》は避《さ》けられそう」

「そっか、よかった……」

安心《あんしん》したとたん、ポロリとまた涙《なみだ》がこぼれた。

よかった。おばさんが無事《ぶじ》で本当《ほんとう》によかった。

「りり花《か》……ごめんな」

かすれた声《こえ》で謝《あやま》った玲音《れおん》に、だまって首《くび》を横《よこ》にふった。

玲音《れおん》がなにに対《たい》して謝《あやま》っているのかわからないけれど、玲音《れおん》がこの数日間《すうじつかん》をすごく不《ふ》安《あん》な思《おも》いで過《す》ごしてきたのが、わかるから。

玲音《れおん》はきっと、自分《じぶん》のことをすごく責《せ》めたと思《おも》うから。

玲音《れおん》のためにも、おばさんが無事《ぶじ》で本当《ほんとう》によかった。

しばらく玄関《げんかん》で立《た》ちつくしていた玲音《れおん》がゆっくりと顔《かお》をあげる。

「りり花《か》、俺《おれ》のせいで部活入《ぶかつはい》らなかったの？」

じっと見《み》つめてくる玲音《れおん》に、きっぱりと首《くび》を横《よこ》にふる。

「この前《まえ》も言《い》ったけど、入《はい》りたいと思《おも》う部《ぶ》もなかったし、私《わたし》が会《あ》いたいと思《おも》ったから、おばさんに会《あ》いに行《い》ってただけ。玲音《れおん》には関係《かんけい》ない」

「関係《かんけい》あるだろ。俺《おれ》の母《かあ》さんなんだから……」

「そう思《おも》うなら、これからはもっとおばさんに会《あ》いに行《い》ってあげて。玲音《れおん》に会《あ》いたくてたまらないはずなのに、『玲音《れおん》を連《つ》れてきて』って絶対《ぜったい》に言《い》わないんだよ……」

おばさんは、いつもおだやかに笑《わら》って私《わたし》のことを迎《むか》えてくれる。

でも、おばさんが本当《ほんとう》に会《あ》いたいのは私《わたし》じゃない。

「……俺《おれ》は、母《かあ》さんが入院《にゅういん》しててもあんまりさみしいって思《おも》ったことはなかった。小《ちい》さいころからずっと入院《にゅういん》してるっていうのもあるけど、りり花《か》がいつも一緒《いっしょ》にいてくれたから」

ひとりごとのように玲音《れおん》がポツリポツリと話《はな》しはじめた。

「りり花《か》が俺《おれ》にいろんなことを教《おし》えてくれたんだよ。笑《わら》いかたや、泣《な》きかた、怒《おこ》りたいときは怒《おこ》っていいことも。友達《ともだち》の作《つく》りかたも、謝《あやま》りかたも、全部《ぜんぶ》りり花《か》が教《おし》えてくれた。**俺《おれ》にとってりり花《か》は、初《はじ》めて会《あ》ったときから俺《おれ》の世界《せかい》のすべてだった**」

「それは大《おお》げさだよ……」

「大《おお》げさじゃないんだよ。**りり花《か》がいてくれたから、俺《おれ》、がんばれたんだ**」

玲音《れおん》がなつかしむように、ふわりとほほえむ。

「保育園《ほいくえん》の参観日《さんかんび》に、俺《おれ》だけ母《かあ》さんが来《こ》られなくて泣《な》きだしたことがあっただろ。あの時《とき》も、りり花《か》が俺《おれ》をバカにして笑《わら》ってるヤツら蹴《け》ちらして守《まも》ってくれた。**俺《おれ》、あのとき、りり花《か》のためならなんでもできると思《おも》った。**小《ちい》さいなりに、りり花《か》に守《まも》られてるってすごく感《かん》じたんだよ」

そう言《い》って、玲《れ》音《おん》は背《せ》すじをのばした。

「**あのころから俺《おれ》、りり花《か》のことが好《す》きだった。女《おんな》の子《こ》として好《す》きだったよ**」

玲《れ》音《おん》に迷《まよ》いのないまなざしで見《み》つめられて、なんて答《こた》えたらいいのかわからない。

私《わたし》だって小《ちい》さいころから玲《れ》音《おん》のことが大好《だいす》きだった。

でも、それは……。

とまどう私《わたし》にかまわず、玲《れ》音《おん》は話《はな》しつづける。

「りり花《か》が好《す》きだから、ものすごくヤキモチも焼《や》くし。この部屋《へや》でりり花《か》が颯大《そうた》に抱《だ》きついてるのを見《み》たときには、気《き》が狂《くる》いそうなくらい動揺《どうよう》して、もうめちゃくちゃだった」

「玲《れ》音《おん》……」

「**俺《おれ》、りり花《か》のことが好《す》きだよ。ずっとずっと、りり花《か》のことだけが好《す》きだった**」

とまどう私《わたし》を見《み》つめながら、玲《れ》音《おん》のうるんだ瞳《ひとみ》が大《おお》きくゆれた。

「りり花《か》、俺《おれ》たちもう中学生《ちゅうがくせい》だよ？　もうこれ以上《いじょう》、りり花《か》にとっての〝かわいい玲《れ》音《おん》〟ではいられない。りり花《か》、俺《おれ》のこと、ちゃんと見《み》てよ。男《おとこ》として見《み》て」

胸《むね》の奥《おく》がぎゅっと苦《くる》しくなって目《め》をふせた。

「玲音《れおん》は……玲音《れおん》だよ。玲音《れおん》のこと、そんなふうに見《み》たことない……」

玲音《れおん》と目《め》を合《あ》わせることができないまま、正直《しょうじき》に伝《つた》えた。

「そっか……。そうだよね……。ま、わかってたんだけどね。変《へん》なこと言《い》ってごめんな」

無理《むり》にいつもの笑顔《えがお》を作《つく》った玲音《れおん》に、たまらなく切《せつ》なくなる。

玲音《れおん》にこんな顔《かお》、させるつもりじゃなかったのに。

「私《わたし》こそ、ごめん……」

どうしてこんなことになっちゃったんだろう。

悲《かな》しくてしかたがなかった。

すると、重苦《おもくる》しい沈黙《ちんもく》を打《う》ちやぶるように、玲音《れおん》が明《あか》るい声《こえ》を出《だ》す。

「じゃあさ、りりちゃん。これからも今《いま》までどおり、朝飯《あさめし》ここで食《く》ってから学校《がっこう》に行《い》ってもいい？　夕飯《ゆうはん》もさ、今《いま》までどおり俺《おれ》に作《つく》ってくれる？」

「……え？」

「俺《おれ》、今言《いまい》ったこと全部忘《ぜんぶわす》れるから、りりちゃんも今俺《いまおれ》が言《い》ったこと全部忘《ぜんぶわす》れて。それで、これからもこれまでどおりってことにしようよ?」

「……でも」

ためらう私《わたし》を押《お》しきるように、玲音《れおん》はさっぱりとした笑顔《えがお》を私《わたし》に向《む》けた。

「じゃ、これからもよろしくっ!」

おどけて右手《みぎて》をさしだした玲音《れおん》と、とまどいながら握手《あくしゅ》をしたけれど、玲音《れおん》の気持《きも》ちを知《し》ったうえでこれまでどおりに過《す》ごせる自信《じしん》なんてなかった。

話《はな》しおえると、玲音《れおん》はすっきりとした様子《ようす》で自分《じぶん》の部屋《へや》に帰《かえ》っていった。

けれど、私《わたし》の頭《あたま》の中《なか》は混乱《こんらん》していて、玲音《れおん》の悲《かな》しそうな顔《かお》を思《おも》いだすと心《こころ》がひりひり痛《いた》んだ。

そして、ほとんど眠《ねむ》れないまま朝《あさ》をむかえた。

バイバイ、幼《おさな》なじみ

夏《なつ》もさかりだというのに、翌日《よくじつ》は朝《あさ》からしとしとと雨《あめ》が降《ふ》っていた。

こういう日《ひ》は気持《きも》ちも重《おも》くしずんでしまう。

せっかく今日《きょう》は、夏休《なつやす》み前最後《まえさいご》の登校日《とうこうび》なのになぁ。

「りりちゃん、どうしたの？」

バスの中《なか》、隣《となり》に立《た》っている玲音《れおん》をそっと見《み》あげる。

玲音《れおん》は、まるでなにもなかったかのようにいつもどおり。

そんな玲音《れおん》にとまどいながらも、返事《へんじ》をする。

「雨《あめ》の日《ひ》のバスって憂《ゆう》うつじゃない？　すごく混《こ》むし」

びっしょりとぬれたカサからは、水《みず》がポタポタとしたたり落《お》ちる。

しめったスカートが肌《はだ》にペタリとくっついて気持《きも》ち悪《わる》い。

「じゃあさ、そんな憂《ゆう》うつな気分《きぶん》、吹《ふ》きとばしてあげようか？」

「どうやって？」

「こうやって」

混《こ》んだバスのなか、玲《れ》音《おん》がゆっくりと顔《かお》を近《ちか》づけてきた。

……ん!?

軽《かる》く目《め》をつぶった玲《れ》音《おん》の顔《かお》が目前《もくぜん》にせまり、あと数《すう》センチで玲《れ》音《おん》の唇《くちびる》が、私《わたし》の唇《くちびる》に……重《かさ》な……る?

ってところで、あわててうしろにのけぞった。

「な、なに!?」

あ、あやうくキスしちゃうところだった……!

すると、玲《れ》音《おん》が驚《おどろ》いている私《わたし》を見《み》てにっこり笑《わら》う。

「どう? ちょっとはドキドキした?」

「ド、ド、ドキドキなんてしないっ!」

「でも、憂《ゆう》うつな気分《きぶん》は吹《ふ》きとんだでしょ?」

「むしろ、玲《れ》音《おん》を吹《ふ》っとばしたくなった!」

「うわっ、怖《こわ》っ!」

ニコニコ笑《わら》っている玲《れ》音《おん》をギロリとにらみながらも、本当《ほんとう》はものすごく動揺《どうよう》していた。

あれ？　私《わたし》、玲音《れおん》にドキドキして……る……？

学校《がっこう》に着《つ》き、ろうかのすみで友達《ともだち》とふざけあっている玲音《れおん》をぼんやりとながめる。

どうして玲音《れおん》、あんなことしてきたんだろう……。

やっぱり、玲音《れおん》がなにを考《かんが》えているのか全然《ぜんぜん》わからない。

……っていうか。

「玲音《れおん》、いったい、なにがあったの？」

思《おも》わず玲音《れおん》に近《ちか》づいて声《こえ》をかける。

だってネクタイはほどけてるし、シャツのボタンがはずれて胸《むね》がはだけちゃってるよ。

「じゃ、りりちゃん直《なお》して？」

「はいはい」

ろうかの壁《かべ》を背《せ》にして玲音《れおん》のネクタイを結《むす》びなおしていると、玲音《れおん》がニコニコと笑《わら》いながら壁《かべ》に両手《りょうて》をついた。

玲音《れおん》の両腕《りょううで》にはさまれながら、ボタンをとめていると。

「ねえ、りりちゃん、**このままキスしていい？**」

――え？

ふわりと笑《わら》った玲音《れおん》が、ゆっくりと顔《かお》を近《ちか》づけてきた。

おたがいの前髪《まえがみ》が触《ふ》れるほどに近《ちか》づいたその瞬間《しゅんかん》。

「キャー!! 如月先輩《きさらぎせんぱい》～!!」

下級生《かきゅうせい》の声《こえ》がろうかにひびいて、その声《こえ》でハッと我《われ》にかえってドンッと両手《りょうて》で玲音《れおん》を突《つ》きとばした。

「あーあー、あと少《すこ》しだったのに。残念《ざんねん》！」

そう言《い》って、にっこりと笑《わら》った玲音《れおん》のネクタイを、ぐいっとにぎる。

「このネクタイで、ひとおもいに首《くび》をしめあげてみる？」

「冗談《じょうだん》だって！ りりちゃん、顔《かお》、めっちゃ怖《こわ》いっ!!」

「あたりまえでしょ!!」

「それじゃ、今日《きょう》のところは、これでガマン」

そう言《い》って私《わたし》のほっぺたに軽《かる》く唇《くちびる》をチュッとつけると、玲音《れおん》は走《はし》って逃《に》げていった。

「玲音《れおん》っ!!」

み、みんなが見《み》てるのにっ!!

ぐっとこぶしをにぎったものの、心臓《しんぞう》はトクトクトクトクとその鼓動《こどう》を速《はや》めている。

あ、あれ!? **やっぱり私《わたし》、玲音《れおん》にドキドキして……る？**

まさか……ね？


その日《ひ》の夕飯《ゆうはん》の時間《じかん》。玲音《れおん》がしょんぼりとうなだれている。

「りりちゃん……なんで俺《おれ》のからあげだけ少《すく》ないの？」

「それは、玲音《れおん》くんが変《へん》なことをするからでしょ？」

「えー……。じゃ、りりちゃんのからあげ、口《くち》うつしでいいからちょーだい？」

「包丁《ほうちょう》でお口《くち》まで運《はこ》びましょうか？」

にぎった包丁《ほうちょう》をキラリと玲音《れおん》に向《む》けると、玲音《れおん》が体《からだ》をふるわせた。

「り、りりちゃん、目《め》が笑《わら》ってないよ」

目《め》の前《まえ》に座《すわ》っている玲音《れおん》を、じっと見《み》すえる。

「あのね、玲音《れおん》、なんなの!?」

「なにが？」

「なにがじゃなくて!!　いきなり、その、キ、キスしてこようとするし。こんなの全然《ぜんぜん》今《いま》までどおりじゃない！」

バンッとテーブルをたたくと、玲音《れおん》が無邪気《むじゃき》に答《こた》える。

「なぜならば、トキメキ強化月間《きょうかげっかん》だから」

「勝手《かって》に変《へん》な強化月間《きょうかげっかん》、実施《じっし》しないでっ!!」

「それより、りりちゃん。一緒《いっしょ》に映画観《えいがみ》ようよ？　明日《あした》から休《やす》みだしさ。おもしろそうなの見《み》つけたんだ」

もうっ、都合《つごう》が悪《わる》くなると、すぐにはぐらかすんだからっ！

納得《なっとく》いかないままソファに座《すわ》り、映画《えいが》を観《み》はじめた。

でも、三十分《さんじっぷん》でギブアップ。

「ウウ、クッ……。無《む》、無理《むり》……、もう、無理《むり》」

両手《りょうて》で顔《かお》をおおいながら、玲音《れおん》に泣《な》きついた。

どうしてホラー映画《えいが》なんて観《み》ちゃったんだろう……。

「じゃ、ここまでにしようか。俺《おれ》、自分《じぶん》の部屋《へや》に帰《かえ》るね？　おやすみ、りりちゃん♪」

テレビの電源《でんげん》を切《き》って立《た》ちあがった玲音《れおん》のＴ《ティー》シャツのすそを、ぎゅっとつかむ。

……ううっ。

「あれ？　どうしたの、りりちゃん？」

く、くやしいけど……、くやしいけどもっ!!

玲音《れおん》のT《ティー》シャツのすそをぎゅっとにぎったまま、小《ちい》さくつぶやく。

「一緒《いっしょ》に寝《ね》て……ください」

涙目《なみだめ》のまま玲音《れおん》を見《み》あげて、唇《くちびる》をキュッとかんだ。

ううっ、怖《こわ》くてひとりじゃ眠《ねむ》れないよお。

「はあ……、りりちゃん、その顔《かお》は反則《はんそく》」

「え？」

「あーっ！　もーっ！　りりちゃんはずるい!!」

まっ赤《か》な顔《かお》でそうさけんだ玲音《れおん》をうるうると見《み》つめる。

「……どうしてずるいの？」

「涙目《なみだめ》のりりちゃんなんてかわいすぎるからっ！　結局《けっきょく》、俺《おれ》はどうやったってりりちゃんにはかなわないんだ。でもまあ、しょうがないから今夜《こんや》は一緒《いっしょ》に寝《ね》てあげるよ♪」

玲音《れおん》と手《て》をつないでベッドに横《よこ》になる。

「電気《でんき》消《け》す？」

「……無理《むり》」

「ほら、おいで、りりちゃん！　絶対《ぜったい》に変《へん》なことしないからさ」

ベッドの中《なか》で両腕《りょううで》を広《ひろ》げる玲音《れおん》に、力《ちから》なく視線《しせん》を向《む》ける。

「ううっ……。どうしてなのか、負《ま》けた気《き》がして、ものすごくくやしい……。くやしいけど……でも、怖《こわ》い……ううっ……」

「ほらほら、俺《おれ》がぎゅうっとしてあげるから。電気《でんき》もつけたまま寝《ね》ちゃおうね？」

「変《へん》なことしたら、なぐるからね？」

「うーん……。そんなにぎゅっとしがみつきながら言《い》われても、あんまり説得力《せっとくりょく》ないけど……俺《おれ》が朝《あさ》まで一緒《いっしょ》にいてあげるから大丈夫《だいじょうぶ》だよ」

くっ……、くやしい……。でも、怖《こわ》いぃ……。


翌朝《よくあさ》、目《め》が覚《さ》めると隣《となり》に玲音《れおん》の姿《すがた》はなかった。

なんだ……、私《わたし》が寝《ね》たあとに、ちゃんと自分《じぶん》の部屋《へや》に帰《かえ》って寝《ね》たんだ。

ふぅ。

もう二度《にど》とホラー映画《えいが》なんて観《み》ないんだから！

寝《ね》ぼけたままキッチンに向《む》かうと、テーブルの上《うえ》に一枚《いちまい》の紙《かみ》きれが置《お》かれていた。

んん？　これは……玲音《れおん》の字《じ》だ。

あくびをしながら、そのノートの切《き》れはしに視線《しせん》を落《お》とした。

りり花《か》へ
困《こま》らせるようなことをいっぱいしちゃってごめんね。

どうしても昨日《きのう》は、りり花《か》と一緒《いっしょ》にいたかった。

俺《おれ》さ、母《かあ》さんの病院《びょういん》の近《ちか》くに引《ひ》っこすことになったんだ。

だから昨日《きのう》は、ここでの最後《さいご》の夜《よる》だった。

りり花《か》と一緒《いっしょ》に過《す》ごせて、すごくうれしかったよ。

それからね、りり花《か》。

俺《おれ》、もともと頭《あたま》がいいんじゃなくて、少《すこ》しでもりり花《か》によく見《み》られたくて、寝《ね》ないで勉《べん》強《きょう》してたんだよ。今《いま》の俺《おれ》がいるのは、全部《ぜんぶ》りり花《か》のおかげなんだ。

りり花《か》、今《いま》まで本当《ほんとう》にありがとう。
ずっとずっと大好《だいす》きだったよ。

ポタポタとこぼれ落《お》ちた涙《なみだ》に、玲音《れおん》がどれだけ大切《たいせつ》な存在《そんざい》だったのか気《き》づかされる。
玲音《れおん》は近《ちか》くにいてくれるのがあたりまえだと思《おも》っていた。
なにがあっても、玲音《れおん》は遠《とお》くになんて行《い》かないと思《おも》ってた。
……玲音《れおん》に甘《あま》えていたのは、私《わたし》のほうだったんだ。
だから、もうこの関係《かんけい》は終《お》わらせなきゃいけない。
普通《ふつう》の中学生同士《ちゅうがくせいどうし》に戻《もど》るときが来《き》たんだ……。

いつの間《ま》に引《ひ》っこしの準備《じゅんび》を終《お》えていたのか、顔《かお》を合《あ》わせることのないまま、玲音《れおん》は去《さ》っていった。

〝かわいい幼《おさな》なじみ〟とは、これで本当《ほんとう》にサヨナラだ……。

特別《とくべつ》な存在《そんざい》

うだるような暑《あつ》さのなか始《はじ》まった夏休《なつやす》みも、もう終《お》わりに近《ちか》づいている。

玲音《れおん》がマンションを去《さ》ってからというものの、なにもやる気《き》にならない。

ソファのうえに置《お》いたままになっている玲音《れおん》のパーカーをぼんやりと見《み》つめる。

家《いえ》にひとりでいると、玲音《れおん》のことばかり考《かんが》えちゃう……。

……玲音《れおん》に、会《あ》いたいよ。

そのとき、玄関《げんかん》のチャイムが鳴《な》り、いきおいよくドアがたたかれた。

「……どちらさまですか？」

わずかに開《あ》けたドアのすきまから、外《そと》をちらりと確認《かくにん》する。

「はじめまして！　隣《となり》に越《こ》してきたスティーブン・アレクサンダー・オルニエール……ではなく、如月玲音《きさらぎれおん》です！　よろしくおねがいします！」

「……間《ま》に合《あ》ってます」

そう言《い》ってとびらを閉《し》めると、玲音《れおん》があわてて片手《かたて》でそれを押《お》さえた。

「ちょ、ちょっと待《ま》って、りりちゃんっ！」

すきまから顔《かお》をちょこんとのぞかせた玲音《れおん》に聞《き》いてみる。

「隣《となり》に引《ひ》っこしてきたって、……どういうこと？」

「いろいろあって、またここでくらすことになったんだ。母《かあ》さんの病院《びょういん》には、これからはきちんと通《かよ》うようにするよ。あっ！　りりちゃんのお母《かあ》さんにもちゃんと許可《きょか》とったから大丈夫《だいじょうぶ》だよ？　ってことで、今日《きょう》からまた朝《あさ》ご飯《はん》よろしくーっ！　あ、もちろん夜《よる》ご飯《はん》もね！　俺《おれ》やっぱり、りりちゃんのご飯《はん》じゃないと調子出《ちょうしで》なくてさ」

一方的《いっぽうてき》にまくしたてる玲音《れおん》に、あぜんとしつつも開《き》いてみる。

「えーっと、ごめんね、いろいろとよくわからないんだけど、とりあえずなぐってもいい？」

「りりちゃん、照《て》れてる？」

「…………」

玲音《れおん》が出《で》ていったあの日《ひ》から、さみしくて悲《かな》しくて、ものすごーくなやんだのに！

ニコニコ笑《わら》っている玲音《れおん》をぼうぜんとして見《み》つめていると、玲音《れおん》が私《わたし》の手《て》を引《ひ》いた。

あっ！と思《おも》ったときには、玲音《れおん》の胸《むね》にすっぽりと収《おさ》まっていた。

「会《あ》いたかったよ、りり花《か》。ただいま」

息《いき》ができないほどに強《つよ》く玲音《れおん》に抱《だ》きしめられて、体《からだ》に力《ちから》が入《はい》らない。

「……は、はなしてってば！」

玲音《れおん》の胸《むね》の中《なか》から逃《に》げようとすると、耳元《みみもと》で玲音《れおん》がささやいた。

「俺《おれ》はりり花《か》に会《あ》えなくて、すごくさみしかった。りり花《か》は、さみしかった？」

「さ、さみしいはずがないでしょ！」

目《め》をそらしてせいいっぱい強《つよ》がってみる。だって、本当《ほんとう》はすごくさみしかったから。

言葉《ことば》どおりに受《う》けとめたのか、玲音《れおん》はさみしげに笑《わら》うと、顔《かお》をななめに近《ちか》づけてきた。

黒《くろ》い瞳《ひとみ》をうるませた玲音《れおん》がすごくきれいで、今《いま》ここに玲音《れおん》がいることがうれしくて、その顔《かお》をじっと見《み》つめた。

「**りり花《か》、大好《だいす》きだよ**」

その瞬間《しゅんかん》、玲音《れおん》の唇《くちびる》がふわりと私《わたし》の唇《くちびる》に触《ふ》れた。

……えっと？

玲音《れおん》から体《からだ》を離《はな》して、しばらくふたりで見《み》つめあう。

「今《いま》……、私《わたし》たち、なにか……した？」

首《くび》をかしげると、「うんっ」と玲音《れおん》がにっこり笑《わら》う。

「今《いま》のは『ただいま』のキスだよ」

……ん？

玲音《れおん》が言《い》っていることがよくわからなくて、目《め》をぱちぱちさせる。

「で、これは、『今日《きょう》からよろしくね』のキス」

そう言《い》って近《ちか》づいてきた玲音《れおん》のほっぺたを、思《おも》いきりひっぱたいた。


リビングルームで正座《せいざ》して玲音《れおん》と向《む》きあう。

「……あいかわらずキレのある、すばらしい平手《ひらて》うちだね」

ほっぺたを赤《あか》く腫《は》らしながら、ニコニコ笑《わら》っている玲音《れおん》に冷《つめ》たい視線《しせん》を向《む》ける。

あー、手《て》がしびれる。

「えっとね、言《い》いたいことも聞《き》きたいことも山《やま》ほどあるんだけど。さっき、うちのお母《かあ》さんの許《きょ》可《か》をとったって言《い》ってたよね？　どうしてうちのお母《かあ》さんの許《きょ》可《か》が必要《ひつよう》なの？　ちなみに、なんの許《きょ》可《か》？」

イヤな予感《よかん》しかしないけど。

「あれ？　聞《き》いてない？　りりちゃんとふたりぐらしする許可《きょか》だよ」

「はい？」

「『じつは海外出張《かいがいしゅっちょう》が決《き》まっちゃって……玲音《れおん》くんがそばにいてくれたら安心《あんしん》だわ！』って、りりちゃんのママがうれしそうに言《い》ってたよ？」

ん？　そんなこと聞《き》いてない！

でも、うちのお母《かあ》さんならやりかねない。すぐに問《と》いつめなきゃ!!

でも、だからって、玲音《れおん》とくらすなんてありえないっ！

「りりちゃん、小刻《こきざ》みにふるえて……そんなに俺《おれ》に会《あ》えてうれしい？」

かんちがいもはなはだしい玲音《れおん》の胸《むな》ぐらをつかみ、にらみあげる。

「喜《よろこ》んでいるように見《み》える？　あのね、私《わたし》、玲音《れおん》にいきなりキスされたことまだ怒《おこ》ってるの!!　私《わたし》にとってはファーストキスだったの!!」

「あのさ、りりちゃん。この前《まえ》のキス、りりちゃんのファーストキスじゃないよ？」

……へ？

「俺《おれ》、寝《ね》てるりりちゃんにいつもキスしてたよ？」

今《いま》、なんて言《い》いました……？　『いつも』って、聞《き》こえたのは空耳《そらみみ》？

「りりちゃんって、ベッドに入《はい》るとすぐ寝《ね》ちゃうじゃん。俺《おれ》がいたってソファでグウグウ昼寝《ひるね》してるし」

「自分《じぶん》の家《いえ》なんだから昼寝《ひるね》くらいするよ」

昔《むかし》から寝《ね》つきだけはとてもいい。

「だからね、寝《ね》てるりりちゃんを見《み》かけたら、とりあえずチューするように心《こころ》がけてたんだ」

「……心《こころ》がけること、間違《まちが》えてない？」

「保育園《ほいくえん》のころからだから軽《かる》く百回《ひゃっかい》は越《こ》えるよね？　待《ま》てよ。二日《ふつか》に一回《いっかい》として、年間《ねんかん》百八十二回《ひゃくはちじゅうにかい》。出会《であ》ってからもう十年《じゅうねん》だから、えーっと、千回越《せんかいこ》えてるかも！　だから、どれがりりちゃんのファーストキスかって言《い》ったら、うーん。もう、思《おも》いだせないや。ほら、だから俺《おれ》たちいつも交互《こうご》にカゼひいてたじゃん？　キスでもカゼってうつるんだーって幼《おさな》ごころに思《おも》ってたんだよね」

そういえば、私《わたし》がカゼひくたびに玲音《れおん》もひいてたっけ。って、そうじゃなくてっ!!

「千回《せんかい》もキスしておいて、ファーストキスもなにも。あれ？　りりちゃん、お顔《かお》がなんかすごく……？」

きょとんとかわいらしい顔《かお》で首《くび》をかしげた玲音《れおん》に、ニッコリと笑《わら》いかける。

「そっかぁ。玲音《れおん》に感《かん》じていたこの胸《むね》のドキドキ、もしかしたら恋《こい》なのかも……なんて思《おも》ってたけど、たんなる怒《いか》りから来《く》る動悸《どうき》だったみたい♡」

「り、りりちゃん、竹刀《しない》はマズイよ、竹刀《しない》は……あの、本当《ほんとう》に！　ウギャーッ!!　りりちゃんごめんなさーいっ!!」

玲音《れおん》に竹刀《しない》をふりおろしながら思《おも》う。

あんなに悩《なや》んで悲《かな》しんで、ドキドキしたのはいったいなんだったの!?

玲音《れおん》は竹刀《しない》を片手《かたて》で押《お》さえて、余裕《よゆう》の笑顔《えがお》を浮《う》かべているし！

私《わたし》は結局《けっきょく》、いつまでたってもこのあぶない幼《おさな》なじみにふりまわされっぱなし。

「俺《おれ》がりりちゃんにとって特別《とくべつ》な存在《そんざい》だって気《き》がついてもらえるまで、俺《おれ》、がんばるね」

玲音《れおん》が、こりずに顔《かお》を近《ちか》づけてくる。

「玲音《れおん》は、た・だ・の・幼《おさな》なじみ!!」

そう言《い》って、もう一度《いちど》竹刀《しない》を大《おお》きくふりおろしたところで……。

「スキあり！」

スッと立《た》ちあがった玲音《れおん》に竹刀《しない》を取《と》られた。

「これから覚悟《かくご》してね、りりちゃん？」

あ、と思《おも》ったときには遅《おそ》かった。

油断《ゆだん》していた私《わたし》の唇《くちびる》に、ちゅっと玲《れ》音《おん》の唇《くちびる》が触《ふ》れ、「まいりました」と心《こころ》のなかでつぶやいた。

キケンなふたりぐらし

ゆったりとした時間《じかん》の流《なが》れる土曜日《どようび》の朝《あさ》。

スーツケースを片手《かたて》にご機嫌《きげん》なお母《かあ》さんに、つめよった。

「お母《かあ》さん、本当《ほんとう》にニューヨークに仕事《しごと》があるの？」

気《き》まずい顔《かお》をして、パッと私《わたし》から目《め》をそらしたお母《かあ》さんの正面《しょうめん》にすかさず回《まわ》りこむ。

玲音《れおん》がこのマンションに戻《もど》ってきた日《ひ》の夜《よる》。

私《わたし》は仕事《しごと》から帰《かえ》ってきたお母《かあ》さんに、出張《しゅっちょう》のことを聞《き》かされた。

どうやら玲音《れおん》の話《はなし》は本当《ほんとう》だったらしい……。

お母《かあ》さんはわざとらしくパスポートやビザを確認《かくにん》しはじめた。

「お母《かあ》さん、昔《むかし》からニューヨークに住《す》んでみたいって言《い》ってたよね？　アメリカに長期《ちょうき》出張《しゅっちょう》になったお父《とう》さんを追《お》いかけて、無理《むり》やり仕事調整《しごとちょうせい》して行《い》くんじゃないよね？」

「うーん、りりちゃんの日本語《にほんご》、最近《さいきん》むずかしくてよくわからないのよね？　英語《えいご》の勉《べん》強《きょう》しすぎちゃったのかしら？」

「そんなわけないでしょ！」

テーブルをバンとたたくと、お母《かあ》さんが得意《とくい》げに商用《しょうよう》ビザを取《と》りだした。

「お母《かあ》さん、こう見《み》えても仕事《しごと》はバリバリなんだから！」

「だから、どうにでも自分《じぶん》に都合《つごう》よく調整《ちょうせい》できるんじゃないの？」

「ペルファボーレ？」

「お母《かあ》さん、それ、イタリア語《ご》。って、もしかして私《わたし》だけ日本《にほん》に残《のこ》して、お父《とう》さんとふたりで休暇《きゅうか》とって新婚旅行気分《しんこんりょこうきぶん》でヨーロッパ周遊《しゅうゆう》♪なんてたくらんでないよね!?」

「…………」

「お母《かあ》さんっ!!　目《め》が泳《およ》ぎまくってるってば!!」

「もう、いいじゃん、りりちゃん。おばさん、困《こま》ってるよ？」

それまでだまって朝《あさ》ご飯《はん》を食《た》べていた玲音《れおん》が顔《かお》をあげた。

「まぁー！　やっぱり玲音《れおん》くんは、いくつになっても素直《すなお》でかわいいわね。本当《ほんとう》によかったわ、玲音《れおん》くんがうちの子《こ》になってくれて！」

「玲音《れおん》はうちの子《こ》じゃありませんっ!!」

「あら、どうせそのうち、うちの子《こ》になっちゃうんだからいいじゃないねぇ？」

「はい、お義母《かあ》さん」

満面《まんめん》の笑《え》みを浮《う》かべる玲音《れおん》に声《こえ》をとがらせる。

「お義母《かあ》さんとか呼《よ》ぶな！　私《わたし》たち、ただの幼《おさな》なじみでしょっ！」

息《いき》まく私《わたし》を無視《むし》して、お母《かあ》さんと玲音《れおん》はニコニコと笑《わら》いあっている。

「じゃ、玲音《れおん》くん、りり花《か》のことよろしくね？」

「病《や》めるときも健《すこ》やかなるときも、しっかりとりりちゃんのことお守《まも》りします」

「末永《すえなが》くよろしく！」

「もうっ！　いいかげんにしてっ！」

悪《わる》ふざけをしているふたりをにらみつけながら、ドスンと床《ゆか》をふみならした。

「りりちゃん、そんなに恥《は》ずかしがらなくてもいいのに」

すると調子《ちょうし》に乗《の》った玲音《れおん》が、よしよしと私《わたし》の頭《あたま》をなでる。

むうっ……。こうなったら……。

悪《わる》ノリしている玲音《れおん》に向《む》かって、無言《むごん》でかかとを高《たか》くふりあげた。

「ひえっ？」

驚《おどろ》いて目《め》を見開《みひら》いた玲音《れおん》の頭《あたま》にかかと落《お》としが決《き》まる寸前《すんぜん》に、玲音《れおん》の腕《うで》に足《あし》をはじかれた。

ぐらりとバランスをくずしてよろけると、

「りりちゃん、大丈夫《だいじょうぶ》？」

さっと玲音《れおん》に支《ささ》えられてしまう。

くう、なんだかくやしいっ。

すると、それを見《み》ていたお母《かあ》さんがうわずった声《こえ》を出《だ》す。

「り、りり花《か》!?　あなた、玲音《れおん》くんになにしてるのっ!?」

「だって、末永《すえなが》くよろしくとか、病《や》めるときとか会話《かいわ》がおかしいでしょ!?　どうしてそんな話《はなし》になるの!?　私《わたし》たち、ただの幼《おさな》なじみなのっ！　そもそも一万歩《いちまんぽ》ゆずって、お母《かあ》さんもニューヨークに仕事《しごと》があったとして、どうして私《わたし》と玲音《れおん》がふたりでくらさなくちゃいけないの!?」

「それは、ひとりぐらしだとあぶないから。玲音《れおん》くんと一緒《いっしょ》なら、お母《かあ》さん安心《あんしん》だわ〜」

平然《へいぜん》と答《こた》えるお母《かあ》さんに、必死《ひっし》に抗議《こうぎ》する。

「**玲音《れおん》とふたりぐらしのほうが、よっぽどあぶないっ！**」

「それがね、お隣《となり》の玲音《れおん》くんの部屋《へや》、一年間限定《いちねんかんげんてい》で借《か》り手《て》がつきそうなんですって。だからこのままだと玲音《れおん》くん、前《まえ》のマンションに引《ひ》っこすことになっちゃうのよ。なんだかんだ言《い》ってもりり花《か》、玲音《れおん》くんがいないとダメでしょ？」

「へー、そうなんだ」

うれしそうに笑《わら》った玲音《れおん》に、こぶしをつきだす。

「んなはずないでしょっ？」

「なんにせよ、りり花《か》が玲音《れおん》くんと一緒《いっしょ》に住《す》んでくれたら、お母《かあ》さんだって安心《あんしん》だもの」

「おまかせください。りりちゃんには、僕《ぼく》がついてますから」

ううっ。誰《だれ》かこのふたりを止《と》めてください……。

すると、スーツケースを手《て》に玄関《げんかん》から一歩《いっぽ》ふみだしたお母《かあ》さんが、あっ！とふりかえる。

「言《い》い忘《わす》れてたけど、ふたりでくらしてることが学校《がっこう》にバレたら退学《たいがく》になっちゃうから、気《き》をつけてね。ふたりぐらしは御内密《ごないみつ》にね！　それじゃ、グッバイ～！」

「え？　退学《たいがく》ってなに⁉　ちょっと！　お母《かあ》さんっ！　……はあぁぁっ⁉　そんな重要《じゅうよう》なこと、このタイミングで伝《つた》える⁉」

がっくりと床《ゆか》に両手《りょうて》をついてうなだれていると、バタンととびらが閉《し》められて、お母《かあ》さんの足音《あしおと》が遠《とお》ざかっていった。

「……退学《たいがく》なんてリスク背負《せお》うくらいなら、私《わたし》、やっぱりひとりぐらしがいい」

「ま、いいじゃん！　これからよろしくね、りりちゃん！」

ううっ。全然《ぜんぜん》よろしくないっ。

サンドイッチを食《た》べながらニコニコと笑《わら》っている玲音《れおん》を見《み》あげて、ため息《いき》をついた。

午後《ごご》になると、もともとお父《とう》さんの書斎《しょさい》だった部屋《へや》に、玲音《れおん》のベッドや身《み》の回《まわ》りのものが運《はこ》びこまれた。

荷物《にもつ》をかたづけおえると、もう夕飯《ゆうはん》の時間《じかん》。

オムライスにケチャップをかけながら、玲音《れおん》がぽつりとつぶやく。

「なんかさ、なにも変《か》わらないね」

「……うん」

普段《ふだん》から、お父《とう》さんもお母《かあ》さんもほとんど家《いえ》にいないからなぁ。

「もうさ、このまま結婚《けっこん》しちゃおっか？」

「はぁ……こんな生活《せいかつ》がつづくのかと思《おも》うと、気《き》が重《おも》い……」

ふうっとため息《いき》をついて、冷蔵庫《れいぞうこ》からサラダを取《と》りだす。

「りりちゃん、思《おも》いっきり無視《むし》されると本気《ほんき》で切《せつ》ないから、なんか反応《はんのう》して」

「じゃ、一発《いっぱつ》なぐろうか？」

「いい返事《へんじ》はもらえないわけ？」

すねたようにオムライスを口《くち》に放《ほう》りこんだ玲音《れおん》に、麦茶《むぎちゃ》を渡《わた》しながら釘《くぎ》をさす。

「あのね、そんなのんきなこと言《い》ってる場合《ばあい》じゃないんだよ。バレたら退学《たいがく》なんだよ？　これからは、冗談《じょうだん》でも一緒《いっしょ》にくらしてるなんて、言《い》っちゃダメだからね？」

「むしろさ、実《じつ》はもう結婚《けっこん》しちゃってます！って宣言《せんげん》するのはどう？　そしたら堂々《どうどう》とふたりぐらしできるよ？」

「は？　そもそも私《わたし》たち、年齢的《ねんれいてき》にまだ結婚《けっこん》できないから！　あのさ、前《まえ》から思《おも》ってたんだけど、玲音《れおん》っていったいどういう思考回路《しこうかいろ》してるの？　どうしてそんな話《はなし》になるの？」

「うーん、それは俺《おれ》がりりちゃんのことをこよなく愛《あい》しているから？」

「つまりは、バカなのかな？」

「でも俺《おれ》、わりと本気《ほんき》でプロポーズしてみたつもりなんだけどな」

無邪気《むじゃき》に笑《わら》う玲音《れおん》に、あきれて答《こた》える。

「もう百万回《ひゃくまんかい》くらいお伝《つた》えしてますけど、私《わたし》たち、ただの幼《おさな》なじみだよね？　彼氏《かれし》でもなければ彼女《かのじょ》でもないよね？」

「うーん。わかってるような、わかりたくないような？　あっ、りりちゃん、ご飯《はん》つぶついてるよ」

そう言《い》って、玲音《れおん》が私《わたし》のほっぺたに手《て》をのばすと……。

ドキッ！

「どうしたの、りりちゃん？」

「な、なんでもないっ」

玲音《れおん》の指先《ゆびさき》が頬《ほお》に触《ふ》れた瞬間《しゅんかん》、心臓《しんぞう》が飛《と》びはねた。

今《いま》までこんなことなかったのに、ど、どうしたんだろ？

ドギマギしながら、お母《かあ》さんからあずかった玲音用《れおんよう》の合《あ》いカギをテーブルに置《お》いた。

「玲音《れおん》のカギは、これね」

「合《あ》いカギなんて盛《も》りあがるね！　これからよろしくね、りりちゃん！」

「お願《ねが》いだから、間違《まちが》った方向《ほうこう》に盛《も》りあがらないでね？　退学《たいがく》なんて本当《ほんとう》にイヤだから。……って、玲音《れおん》！」

油断《ゆだん》したスキに私《わたし》のおでこにキスをしようとしたから、あわててあとずさった。

「そ、そういうの絶対《ぜったい》に禁止《きんし》だからねっ⁉　私《わたし》の部屋《へや》に勝手《かって》に入《はい》ってきたら、真夜中《まよなか》でも外《そと》にたたきだすからね⁉」

「つまんないの〜。せっかくのふたりぐらしなのに」

「あたりまえでしょ？」

あきれていると、玲音《れおん》が荷物《にもつ》をかかえてお父《とう》さんの書斎《しょさい》に入《はい》っていく。

「玲音《れおん》の部屋《へや》がうちにあるって、やっぱりちょっと変《へん》な感《かん》じだね……」

思《おも》わずつぶやくと、玲音《れおん》が満面《まんめん》の笑《え》みでふりかえった。

「それじゃ、いつもみたいに、りりちゃんの部屋《へや》で一緒《いっしょ》に寝《ね》る？」

そんな玲音《れおん》に、間髪入《かんぱつい》れずに両手《りょうて》でバツをつくる。

「けっこうですっ」

「でも、一晩《ひとばん》じゅうふたりきりなんだから、なにしてもいいんだよね？」

「それなら、かかと落《お》としの練習《れんしゅう》する？　朝《あさ》、失敗《しっぱい》しちゃったからくやしくて！」

「……お、おやすみ、りりちゃんっ。今日《きょう》は疲《つか》れちゃったから、もう寝《ね》るね」

逃《に》げるように玲音《れおん》が部屋《へや》にかけこんでしまったので、私《わたし》も自分《じぶん》の部屋《へや》に戻《もど》ってパジャマに着がえ、ごろんと横《よこ》になった。

ベッドに寝転《ねころ》がり、じっと天井《てんじょう》を見《み》つめる。

隣《となり》の部屋《へや》にいる玲音《れおん》のことが気《き》になって、なかなか眠《ねむ》れない。

お父《とう》さんとお母《かあ》さんが帰《かえ》ってこないだけでいつもとそんなに変《か》わらないはずなのに、玲《れ》音《おん》とふたりきりだと意識《いしき》すると、なんだか落《お》ちつかない。

私《わたし》、どうしちゃったんだろう……。


〜玲音side《れおんサイド》〜


とびらを閉《し》めると、これからくらすことになるおじさんの書斎《しょさい》をぐるりと見《み》まわした。

専門書《せんもんしょ》がぎっちり並《なら》んだ本棚《ほんだな》をひととおりながめて、勉強道具《べんきょうどうぐ》をとりだす。

つうか、りり花《か》がすぐ隣《となり》の部屋《へや》で寝《ね》てるのかと思《おも》うと、まったく集中《しゅうちゅう》できない……。

一晩《ひとばん》じゅうふたりきりで親《おや》も帰《かえ》ってこないなんて、ガマンするにも限界《げんかい》があるだろ。

きっと、りり花《か》はぐーぐー寝《ね》てるんだろうな。

少《すこ》し悩《なや》んで、音《おと》を立《た》てないようにりり花《か》の部屋《へや》のドアを開《あ》けた。

案《あん》の定《じょう》、りり花《か》はぐっすりと眠《ねむ》っている。

本当《ほんとう》に、りり花《か》って寝《ね》つきがいいよな……。

ベッドに腰《こし》かけて、眠《ねむ》っているりり花《か》をじっと見《み》つめる。

一緒《いっしょ》にくらせてうれしいけど、これはこれで、なかなか酷《こく》な状況《じょうきょう》だ。

「りり花《か》、どうしたら俺《おれ》のこと好《す》きになってくれるの？」

こわれものに触《ふ》れるように、そっと、りり花《か》の前髪《まえがみ》に手《て》をのばす。

気持《きも》ちよさそうに眠《ねむ》っているりり花《か》の無防《むぼう》備《び》さに、ますますやるせない気持《きも》ちになる。

「いつになったら、俺《おれ》はりり花《か》の幼《おさな》なじみを卒業《そつぎょう》できるんだろうな」

両手《りょうて》でりり花《か》のほっぺたをはさんで、幸《しあわ》

せそうに眠《ねむ》っているりり花《か》の唇《くちびる》に軽《かる》くキスを落《お》として、部屋《へや》に戻《もど》った。


「おはよう、りりちゃん」

「おはよう、玲音《れおん》」

玲音《れおん》がうちに来《き》て数日《すうじつ》がたった。

夏休《なつやす》みが終《お》わり、今日《きょう》からまた学校《がっこう》が始《はじ》まる。

お弁当《べんとう》の用意《ようい》をしていると、目《め》をこすりながらスウェット姿《すがた》の玲音《れおん》が近《ちか》づいてきた。

「りりちゃん、おはようの……」

ドスッ!!

あたりまえのようにキスしてこようとした玲音《れおん》を、ひじで一撃《いちげき》。

「朝《あさ》のひじてつは効《き》くねぇ……」

くの字《じ》に体《からだ》をゆがめて痛《いた》みにたえている玲音《れおん》が、壁《かべ》にはられた一枚《いちまい》の紙《かみ》に気《き》がついた。

「……りりちゃん、これは?」

「とりあえず音読《おんどく》してみて」

「へ？」

「いいから。そこに書《か》いてあること読《よ》んでみて」

わけがわからないといった様子《ようす》で、玲音《れおん》が読《よ》みあげる。

「『ひとつ、ベッドに入《はい》ってこないこと。ひとつ、キスしてこないこと。ひとつ、使用中《しようちゅう》の浴室《よくしつ》に入《はい》ってこないこと。もしやぶったら、平手《ひらて》うちからのかかと落《お》とし。きれいに決《き》まるまで無制限《むせいげん》』……えっと、これはなんでしょうか？」

「ふたりぐらしをするにあたっての、お約束三《やくそくさん》か条《じょう》」

「俺《おれ》に人間《にんげん》サンドバッグになれと？」

「人間《にんげん》サンドバッグになるようなことをしなきゃいいんだよね？」

「りりちゃん、かかと落《お》とし無制限《むせいげん》って……。たんに、りりちゃんが、かかと落《お》としの練《れん》習《しゅう》したいだけなんじゃ」

「なにか文句《もんく》でも？」

じろりとにらむと、玲音《れおん》にガシッと肩《かた》をつかまれた。

「わかった、約束《やくそく》する。だから、誓《ちか》いのキスを今《いま》、ここで」

おでことおでこがぶつかる距離《きょり》で玲音《れおん》がささやいた。

「もう！　どうしてそうなるの！　さっそく、人間《にんげん》サンドバッグになってみる？」

「すみませんでしたっ！」

深々《ふかぶか》と頭《あたま》をさげた玲音《れおん》をコツンとたたいて、キッチンに向《む》かった。

まったく、この生活《せいかつ》のどこが安心《あんしん》なんだろう……。


玲音《れおん》といつもどおりの時間《じかん》に家《いえ》を出《で》てバス停《てい》へ向《む》かって歩《ある》いていると、サイレンを鳴《な》らすパトカーがとおりすぎた。

「あ、玲音《れおん》、パトカーだよっ」

「わーっ、本当《ほんとう》だ〜！　って、りりちゃん、俺《おれ》、もう中学生《ちゅうがくせい》なんだけど」

「は、ははっ。そうだったね」

ついつい、昔《むかし》のクセで。

乗《の》り物好《ものず》きだった玲音《れおん》は小《ちい》さいころ、パトカーや救急車《きゅうきゅうしゃ》を見《み》つけるたびに喜《よろこ》んでいた。

「やっぱり、りりちゃんのなかでは俺《おれ》はいつまでたっても〝かわいい玲音《れおん》くん〟のままなんだね」

視線《しせん》を落《お》とした玲音《れおん》に追《お》いうちをかける。

「残念《ざんねん》ながら、最近《さいきん》はあんまりかわいくないけどね？」

「りりちゃん、ひどい……」

がっくりと肩《かた》を落《お》とした玲音《れおん》が、すぐに「そうだ！」と顔《かお》をあげる。

「俺《おれ》、りりちゃんにいろいろ迷惑《めいわく》かけちゃったからさ、今度《こんど》おわびに俺《おれ》がりりちゃんの行《い》きたいところに連《つ》れていってあげるよ」

「本当《ほんとう》に？　いいの？」

「どこに行《い》きたい？」

うーん、そうだなあ。

「じゃ、映画観《えいがみ》に行《い》きたい!!　今度《こんど》、駅前《えきまえ》の映画館《えいがかん》で昔《むかし》の空手映画《からてえいが》をやるらしいのっ！」

「へー、空手映画《からてえいが》ね……。せっかくりりちゃんとデートできると思《おも》ったのに、遊園地《ゆうえんち》でも水族館《すいぞくかん》でもなく空手映画《からてえいが》か……」

急《きゅう》にテンションのさがった玲音《れおん》に、あわててフォローする。

「ごめん、ごめんっ。玲音《れおん》が観《み》たくなければひとりで行《い》くからいいよ？」

「ウソウソ。りりちゃんとなら、なんでも楽《たの》しいよ」

玲音《れおん》は朝日《あさひ》に照《て》らされて優《やさ》しく笑《わら》っている。

「りりちゃん、どうしたの？」

「な、なんでもないっ」

玲音《れおん》から目《め》をそらして、遅《おく》れて到着《とうちゃく》したバスにバタバタと乗《の》りこんだ。


朝《あさ》のホームルームが終《お》わると、見知《みし》らぬ一年生《いちねんせい》の男子《だんし》に呼《よ》び出《だ》された。

ろうかでまっ赤《か》な顔《かお》をしているその一年生《いちねんせい》に、目《め》をパチクリさせる。

「あの、吉川先輩《よしかわせんぱい》。話《はな》したいことがあるので、放課後《ほうかご》、待《ま》っていてもいいですか？」

「ここじゃ話《はな》せないこと？」

小《ちい》さくうなずいたその一年生《いちねんせい》に、「いいよ」と笑《わら》って応《こた》えると、

「りーりーちゃん！」

いきなりうしろから玲音《れおん》が抱《だ》きついてきた。

「りりちゃん、今日《きょう》、俺《おれ》、合《あ》いカギ忘《わす》れちゃったから一緒《いっしょ》に帰《かえ》ろ」

「それなら、私《わたし》のカギ、使《つか》っていいよ」

すると、その会話《かいわ》を聞《き》いた新入生《しんにゅうせい》が眉《まゆ》を寄《よ》せた。

「合《あ》いカギって……、吉川先輩《よしかわせんぱい》と如月先輩《きさらぎせんぱい》って本当《ほんとう》に一緒《いっしょ》にくらしてるんですか？　ただのウワサだと思《おも》ってたけど……」

「ち、ち、違《ちが》うよっ！　一緒《いっしょ》になんてくらしてないよっ!!」

あわてて否定《ひてい》すると、玲音《れおん》も私《わたし》に続《つづ》く。

「そうそう。ただ合《あ》いカギ持《も》ってるだけだよ。ね、りりちゃん？」

「う、うんっ！」

「そうですよね、それじゃ、吉川先輩《よしかわせんぱい》。帰《かえ》りに昇降口《しょうこうぐち》のところで待《ま》ってます」

その一年生《いちねんせい》の男子《だんし》が自分《じぶん》の教室《きょうしつ》に戻《もど》ろうとすると、玲音《れおん》が私《わたし》の耳元《みみもと》に唇《くちびる》を寄《よ》せてささやいた。

「りりちゃん、今《いま》すぐキスしたい」

「……へ？」

そう言《い》って、いきなり顔《かお》を近《ちか》づけてきた玲音《れおん》に、迷《まよ》わず往復《おうふく》ビンタ。

ほっぺたを赤《あか》く腫《は》らしながら、なおも顔《かお》を近《ちか》づけてきた玲音《れおん》に、悲願《ひがん》のかかと落《お》としを決《き》めようとかかとをふりあげたところで、その一年生《いちねんせい》が青《あお》ざめながらつぶやいた。

「よ、吉川先輩《よしかわせんぱい》、や、やっぱり今日《きょう》はいいです！　ま、また、今度《こんど》……」

「ほへ？」

私《わたし》を見《み》て、おびえたように逃《に》げていった一年生男子《いちねんせいだんし》。

「ねえ、玲音《れおん》、あの男《おとこ》の子《こ》、なんの用《よう》だったんだろう？」

「べつに用《よう》なんてなかったんじゃない？　それより、もうすぐ授業《じゅぎょう》はじまるよ」

「そうだね」と答《こた》えて、玲音《れおん》のネクタイをぐいっとつかんだ。

「……っていうか、学校《がっこう》のろうかでキスとか、ありえないからっ！　なに考《かんが》えてるの!?」

周《まわ》りに聞《き》こえないように、こそこそと玲音《れおん》に抗議《こうぎ》する。

「部屋《へや》に帰《かえ》ってからならいい？」

「んなわけないでしょうがっ!!」

こりずにニコニコ笑《わら》っている玲音《れおん》の背中《せなか》をドスドスと蹴《け》とばしていると、ろうかの向《む》こうでその一年生《いちねんせい》の男子《だんし》がおびえたように私《わたし》のことを見《み》つめていた。

放課後《ほうかご》、数《すう》メートル先《さき》を歩《ある》く玲音《れおん》がくるりとふりむいた。

「……りりちゃんが遠《とお》い」

「だって、玲音《れおん》に近《ちか》づくと、なにされるかわからないんだもん」

最近《さいきん》、玲音《れおん》に近《ちか》づくとみょうに心臓《しんぞう》が騒《さわ》がしいし。

「ものすごく会話《かいわ》しにくいんだけど」

「とにかく、部活《ぶかつ》がんばってね」

ひらひらと手《て》をふって校門《こうもん》に向《む》かおうとすると、突然《とつぜん》玲音《れおん》がその場《ば》にしゃがみこんだ。

「玲音《れおん》、どうしたの？」

声《こえ》をはりあげてたずねると、玲音《れおん》がしんどそうに顔《かお》をゆがめる。

「なんかさ、ちょっとだるいっつうか、頭痛《あたまいた》いんだよね。朝《あさ》から……」

えっ⁉

「大丈夫《だいじょうぶ》？　熱《ねつ》はない？　病院《びょういん》行《い》く⁉」

あわててかけよると、立《た》ちあがった玲音《れおん》に腕《うで》をつかまれた。

「りりちゃん、つっかまえた～♪」

「っ⁉」

ぐらりとバランスをくずして、そのまま玲音《れおん》に抱《だ》きしめられる。

「は⁉　なに？　玲音《れおん》、離《はな》して！」

「ヤダ」

「まさか、今《いま》の全部《ぜんぶ》ウソなの!?」

「ウソじゃないよ。りりちゃん不足《ぶそく》による頭痛《ずつう》とめまいだから。よって、ただ今治療《いまちりょう》中《ちゅう》」

「最低《さいてい》っ！　てか、離《はな》せっ!!」

「りりちゃん充電中《じゅうでんちゅう》なのでムリっ」

もうっ!!　なにこのバカぢからっ！

「早《はや》く離《はな》してっ!!　みんなが見《み》てるでしょ！」

「みんなが見《み》てるからこそだよ？　それじゃ、これならどう？」

「え？」

見《み》あげると、おでこに降《ふ》ってきたのは玲音《れおん》の唇《くちびる》……。

「ギャー──!!」

逃《に》げだそうとするけれど、玲音《れおん》の両腕《りょううで》にガッチリと抱《かか》えこまれてまったく身動《みうご》きがとれない。

「ずっとこうしていたいね、りりちゃん♪」

「ふざけんなっ！」

玲音《れおん》に蹴《け》りを入《い》れようとするけど、なぜだか力《ちから》が入《はい》らないっ。

「じゃ、りりちゃん、がんばってくるね！」

パッと私《わたし》の体《からだ》を離《はな》すと、玲音《れおん》は逃《に》げるように部室《ぶしつ》に向《む》かって走《はし》り去《さ》っていった。

ううっ、心臓《しんぞう》がバクバクする……。

……それにしても、本気《ほんき》で玲音《れおん》のこと、心配《しんぱい》したのに。

玲音《れおん》の後《うし》ろ姿《すがた》をぼんやりながめていたら、フツフツと怒《いか》りがこみあげてきた。

上機嫌《じょうきげん》の玲音《れおん》を全力《ぜんりょく》で追《お》いかけると、うしろから玲音《れおん》の首《くび》をしめあげる。

「玲音《れおん》、調子《ちょうし》にのりすぎっ！　い・い・か・げ・ん・に・し・ろっ！」

「グエッ……」


～玲音side《れおんサイド》～


「あの……如月先輩《きさらぎせんぱい》、ほっぺた冷《ひ》やしますか？」

「大丈夫《だいじょうぶ》。なれてるから」

マネージャーがおずおずとさしだした氷《こおり》を、首《くび》をふって断《ことわ》った。

「お前《まえ》、また吉川《よしかわ》さんにちょっかい出《だ》してなぐられたの？　こりねえな、本当《ほんとう》に」

「玲音《れおん》は吉川《よしかわ》さんのことかわいくてたまんないんだな。わざと吉川《よしかわ》さんのこと、怒《おこ》らせてるよな」

「いい反応《はんのう》するからね〜、りりちゃん」

ジャージに着《き》がえてアップをはじめると、一年《いちねん》の渡辺《わたなべ》が会話《かいわ》に加《くわ》わってきた。

「如月先輩《きさらぎせんぱい》の彼女《かのじょ》さん、めちゃくちゃかわいいっすよね。ちっこくてかわいいのに強《つよ》いっていうのも、たまんないっすよね。俺《おれ》、如月先輩《きさらぎせんぱい》の彼女《かのじょ》じゃなかったら、ガチでねらってたかも。俺《おれ》の友達《ともだち》にもファン多《おお》いっすよ」

しゃがんで靴《くつ》ひもを結《むす》びながら、渡辺《わたなべ》が笑《わら》う。

その渡辺《わたなべ》の背中《せなか》にどすんと腰《こし》かけた。

「たしかに、りりちゃんかわいいよね？　でもさ、渡辺《わたなべ》。お前《まえ》、今後《こんご》、りり花《か》の視界《しかい》に入《はい》ったら処刑《しょけい》な。一晩《ひとばん》じゅうゴールに逆《さか》さづりにしてやるから。お前《まえ》の友達《ともだち》にも言《い》っておけよ？」

「さーせんしたっ!!」

土下座《どげざ》した渡辺《わたなべ》の頭《あたま》をコツンとたたくと、マネージャーに呼《よ》ばれた。

「いいよなー、玲音《れおん》ばっかりさ」

「一年《いちねん》のマネなんて、玲音《れおん》のことしか見《み》てねえじゃん」

文句《もんく》を言《い》いはじめたメンバーを適当《てきとう》にかわしながら洗《あら》い場《ば》に行《い》くと、マネージャーの畠山《はたけやま》が、カゴいっぱいのユニフォームを洗濯機《せんたくき》につっこんでいるところだった。

「あの、如月先輩《きさらぎせんぱい》……」

「ん？」

「如月先輩《きさらぎせんぱい》のユニフォームだけ出《で》てないみたいなんですけど」

「ああ、俺《おれ》はりり花《か》に洗《あら》ってもらうからいいや」

「でも……」

「それだけたくさんあったら、一枚《いちまい》でも少《すく》ないほうが楽《らく》でしょ？　それに、俺《おれ》、りり花《か》に洗《あら》ってもらったほうが調子出《ちょうしで》るし」

「………」

「用《よう》ってそれだけ？　もうすぐ練習始《れんしゅうはじ》まるから行《い》くね」

すると、畠山《はたけやま》が俺《おれ》の赤《あか》く腫《は》れた頬《ほお》に視線《しせん》を向《む》けた。

「あの、それ冷《ひ》やさなくて本当《ほんとう》に大丈夫《だいじょうぶ》ですか？」

「ああ、氷《こおり》ならいらない。りり花《か》になぐられるのなれてるし」

「痛《いた》くないんですか？」

「めっちゃくちゃ痛《いた》いよ。ハンパないからね、りり花《か》の平手《ひらて》。今日《きょう》は往復《おうふく》ビンタもいただいちゃったしね。でも、俺《おれ》、りり花《か》のマジギレしてる顔《かお》も好《す》きなんだよね～」

りり花《か》の怒《おこ》った顔《かお》が目《め》に浮《う》かんで、思《おも》わず頬《ほお》がゆるむ。

「如月先輩《きさらぎせんぱい》、彼女《かのじょ》さんのこと大好《だいす》きなんですね。すごくかわいい人《ひと》ですもんね……」

「そうだね、もうかれこれ十年《じゅうねん》になるし」

ま、本当《ほんとう》のところは、幼《おさな》なじみ歴十年《れきじゅうねん》だけど。

「じゃ、練習戻《れんしゅうもど》るから」

マネージャーに背中《せなか》を向《む》けて、グラウンドに戻《もど》ろうとしたそのとき、水道《すいどう》につながれていたホースがすぽんとはずれて、蛇口《じゃぐち》から水《みず》が盛大《せいだい》にふきだした。

「うわっ!!」

ふん水《すい》のようにふきだした水《みず》が、またたく間《ま》にあたり一面《いちめん》をぬらす。

顔《かお》をあげると、畠山《はたけやま》が水道《すいどう》の栓《せん》を止《と》めようとパニクっている。

頭《あたま》から水《みず》をかぶって、びしょぬれだ。

そんな畠山《はたけやま》の腕《うで》をひっぱって、その場《ば》から引《ひ》きはがす。

「落《お》ちつけって。ほら」

水道《すいどう》の栓《せん》をきゅっと閉《し》めると、とたんに静《しず》まりかえった。

「すっげぇ。びっしょり……」

ぼうぜんと立《た》ちつくしていた畠山《はたけやま》は、しっとりとぬれた俺《おれ》を見《み》るとあわててタオルを持《も》ってきた。

「ご、ごめんなさいっ。本当《ほんとう》にごめんなさい!!　練習前《れんしゅうまえ》なのにっ」

「暑《あつ》いからちょうどいいよ」

泣《な》きそうになりながら、何度《なんど》も頭《あたま》をさげて謝《あやま》る畠山《はたけやま》の頭《あたま》を軽《かる》くポンとたたく。

「気《き》にするなって。そんなに謝《あやま》ることじゃないだろ。それより……」

ずぶぬれの畠山《はたけやま》をチラリと見《み》て、着《き》ているジャージを脱《ぬ》いで手渡《てわた》した。

「……え？」

「アホなこと考《かんが》えるヤツもいるかもしれないから、それ着《き》てれば？　ぬれてるジャージで悪《わる》いけど」

「……っ!!」

水《みず》にぬれて下着《したぎ》が透《す》けてることに気《き》づいたのか、まっ赤《か》になったマネージャーをその場《ば》に残《のこ》してグラウンドに戻《もど》った。

りり花《か》、危機《きき》いっぱつ！

放課後《ほうかご》、校庭《こうてい》のはじを歩《ある》いていると、サッカー部《ぶ》を見学《けんがく》している女《おんな》の子《こ》たちの声《こえ》がいつになくにぎやかに聞《き》こえてきた。

「ムカつく！　なんであの子《こ》、如月先輩《きさらぎせんぱい》のジャージ着《き》てるの⁉」

「本当《ほんとう》だ！　信《しん》じられないっ！」

「あの子《こ》、如月先輩目当《きさらぎせんぱいめあ》てでサッカー部入部《ぶにゅうぶ》したって有名《ゆうめい》だよね」

玲音《れおん》、あいかわらずモテてるなぁ。

砂《すな》まみれになりながら必死《ひっし》にボールを追《お》いかけている玲音《れおん》をしばらく見学《けんがく》して、バス停《てい》に向《む》かった。

病院《びょういん》に行《い》くと、おばさんはめずらしく眠《ねむ》っていた。

看護師《かんごし》さんから、今日《きょう》は朝《あさ》から検査《けんさ》つづきだったと聞《き》いて、おばさんには会《あ》わずに帰《かえ》ることにした。

おばさん、一日《いちにち》じゅう検査《けんさ》じゃ疲《つか》れただろうな……。

明日《あした》は会《あ》えるといいな。

すると、病院《びょういん》を出《で》たところで、沙耶《さや》ちゃんからメッセージが届《とど》いた。

『今日《きょう》、部活《ぶかつ》がなくなってさ。今《いま》、駅《えき》にいるんだけど、りり花《か》、ヒマ？』

『ヒマ！　今《いま》から行《い》くっ！』

すぐに沙耶《さや》ちゃんに返事《へんじ》をして、駅《えき》に向《む》かった。

駅前《えきまえ》のM'S《エムズ》バーガーにつくと、メロンソーダを飲《の》みながら沙耶《さや》ちゃんが手《て》をひらひらさせる。

「りり花《か》、急《きゅう》に呼《よ》びだしちゃってごめんね」

「放課後《ほうかご》にこうしてふたりで会《あ》えるの、久《ひさ》しぶりだよね！　すごくうれしいよっ」

アイスティーを買《か》って沙耶《さや》ちゃんの向《む》かいに座《すわ》ると、沙耶《さや》ちゃんが声《こえ》をひそめる。

「あのさ、最近《さいきん》、玲音《れおん》くんとなにかあった？」

じっと見《み》つめてくる沙耶《さや》ちゃんに、ぶんぶんと首《くび》を横《よこ》にふる。

「な、なにもないよっ!?」

「もしかして、チューとかされちゃった？」

ブハッ！

飲《の》んでいたアイスティーをふきだした。

「ど、どうして？」

「うーん……。なんとなく、最近《さいきん》、ふたりの距離《きょり》が近《ちか》いような気《き》がして。もともと、仲《なか》はよかったけど。……なにか違《ちが》うような気《き》がするんだよね」

「いやいや、そんなこと、ない！　……と思《おも》う」

沙《さ》耶《や》ちゃんのするどい指摘《してき》をせいいっぱい、否定《ひてい》する。

「でも、それだけ長《なが》い間《あいだ》一緒《いっしょ》にいるんだから、本当《ほんとう》は一回《いっかい》や二回《にかい》や三回《さんかい》くらいキスしたことあるんでしょ？　保育園《ほいくえん》のころに園庭《えんてい》で……とかさ」

知《し》らない間《あいだ》に千回以上《せんかいいじょう》キスされてました……なんて、なさけなくてさすがに沙耶《さや》ちゃんにも言《い》えません……。

「そういえば、この近《ちか》くに新《あたら》しくペットショップができたんだって！　行《い》ってみない？」

「ペットショップ！　行《い》ってみたいっ！」

M'S《エムズ》バーガーを出《で》ると、普段《ふだん》はあまり行《い》くことのない駅《えき》の裏道《うらみち》に向《む》かった。

「たしか、この辺《へん》にあるはずなんだけどな」

お店《みせ》を探《さが》してふたりできょろきょろしていると、派手《はで》なエプロンをつけたお兄《にい》さんが、ビラを片手《かたて》に私《わたし》と沙耶《さや》ちゃんの間《あいだ》に割《わ》りこんできた。

「はい、どーぞー。カラオケ、今《いま》なら二時間百円《にじかんひゃくえん》！　フリードリンクつきでーすっ！」

沙耶《さや》ちゃんが、ちらっとそのビラを見《み》る。

「えっ⁉　二時間百円《にじかんひゃくえん》って安《やす》くない？　りり花《か》、ここ、行《い》ってみようよ！」

「うんっ！　カラオケってあんまり行《い》ったことないかも！　玲音《れおん》が心配《しんぱい》するから」

「玲音《れおん》くんって、過保護《かほご》なお父《とう》さんみたい」

「は、はは……」

沙耶《さや》ちゃんの言葉《ことば》に苦笑《にがわら》いしながら、少《すこ》し奥《おく》まったところにあるカラオケ店《てん》に入《はい》った。

何曲《なんきょく》か歌《うた》って盛《も》りあがったところで、玲音《れおん》から着信《ちゃくしん》があった。

「玲音《れおん》、どうしたの？　おばさんになにかあった⁉」

『俺《おれ》の愛《いと》しのスイートベイビーは今《いま》、なにをしてるのかな？　もしかしたら、俺《おれ》に会《あ》いたくて、泣《な》いてた？　俺《おれ》は今《いま》、部活《ぶかつ》の休憩中《きゅうけいちゅう》で……』

「……ごめん、忙《いそが》しいから切《き》るね」

返事《へんじ》を待《ま》たずに通話《つうわ》を切《き》った。

「りり花《か》、電話鳴《でんわな》ってるけどいいの？」

「せっかく沙耶《さや》ちゃんと一緒《いっしょ》にいるんだもん。今日《きょう》くらいはゆっくり楽《たの》しみたいからいいの」

沙耶《さや》ちゃんとカラオケしてるって言《い》ったら、ここまで来《き》ちゃいそうだし。

この際《さい》、無視《むし》しよっ。無視《むし》。

帰《かえ》ったら、うるさいかもしれないけど……。

「りり花《か》、ちょっとトイレ行《い》ってくるね」

沙耶《さや》ちゃんがトイレに行《い》くと、スマホをカバンの奥《おく》にしまった。

それから、いくら待《ま》っても沙耶《さや》ちゃんが戻《もど》ってこない。

どうしたんだろう？

心配《しんぱい》になってとびらの外《そと》を見《み》ると、沙耶《さや》ちゃんがろうかで誰《だれ》かと話《はな》している。

知《し》り合《あ》いにでも会《あ》ったのかな？

部屋《へや》からぴょこんと顔《かお》を出《だ》す。

すると、沙耶《さや》ちゃんが話《はな》しているのは、……こわもてのスキンヘッドの男《おとこ》の人《ひと》⁉

よくよく見《み》ればお話《はなし》してるんじゃなくて、沙耶《さや》ちゃん、捕獲《ほかく》されてる！

ど、どうしようっ！　沙耶《さや》ちゃんを助《たす》けないと！

近《ちか》くに竹刀《しない》のかわりになるようなものを探《さが》すけれど、見当《みあ》たらない。

でも、相手《あいて》はひとり。どうにかなるかもしれない。

するとこわもてのスキンヘッドが、顔《かお》を出《だ》した私《わたし》に気《き》づいた。

「おっ！　この子《こ》のお友達《ともだち》？　顔面《がんめん》レベル高《たか》いねぇ。キミも一緒《いっしょ》に遊《あそ》ぼうよ」

「だ、大丈夫《だいじょうぶ》です」

ろうかに飛《と》びだして、自分《じぶん》に引《ひ》きよせるように沙耶《さや》ちゃんの腕《うで》をぐいっとつかむ。

すると、スキンヘッドのお兄《にい》さんがニヤリと笑《わら》いながら、沙耶《さや》ちゃんを両手《りょうて》でかかえこんだ。

「いやいや、拒否権《きょひけん》とかねぇから！　俺《おれ》たちが遊《あそ》んでやるって言《い》ってんだよ」

近《ちか》くを通《とお》った店員《てんいん》さんに目《め》で助《たす》けを求《もと》めたけれど、店員《てんいん》さんは見《み》て見《み》ぬフリをして行《い》ってしまった。

信《しん》じられないっ！

無理《むり》やり沙耶《さや》ちゃんを連《つ》れていこうとする、スキンヘッドのお兄《にい》さんに手《て》をのばすと、うしろから別《べつ》のだれかに肩《かた》をつかまれた。

「キミは俺《おれ》と行《い》こうね。うつは、キミ、かわいいよねえ？」

キンパツ頭《あたま》のそいつが、全身《ぜんしん》をなめまわすように見《み》てきてゾッとする。

「離《はな》してくださいっ！」

キンパツ男《おとこ》の手《て》を思《おも》いきりふりはらおうとするけれど、さすがに力《ちから》ではかなわない。

「くくっ、威勢《いせい》がいいね？　ほら、早《はや》く俺《おれ》らの部屋《へや》に行《い》こうぜっ」

俺《おれ》ら……って、いったい何人《なんにん》いるんだろう。

スキンヘッドに捕獲《ほかく》された沙耶《さや》ちゃんは、今《いま》にも泣《な》きだしそうな顔《かお》をしている。

あきらめてとりあえずキンパツ頭《あたま》にしたがおう……。

と、見《み》せかけて、キンパツ頭《あたま》が私《わたし》の腕《うで》をつかむ力《ちから》をゆるめたその瞬間《しゅんかん》、キンパツ頭《あたま》の右腕《みぎうで》をねじりあげた。

「いってぇ！」

キンパツ頭《あたま》がひるんだそのスキに、そいつのたるんだ腹《はら》を思《おも》いきり蹴《け》りとばして体《からだ》を離《はな》した。

そのまま沙耶《さや》ちゃんの腕《うで》をつかんで、お店《みせ》の入《い》り口《ぐち》に向《む》かってかけだした。

思《おも》いきり走《はし》って走《はし》って、走《はし》って……。

なんとか、怖《こわ》いお兄《にい》さんたちから逃《に》げきれる、……はずはなかった。

世《よ》の中《なか》そんなにうまくはいかない。

入《い》り口《ぐち》の自動《じどう》ドアを出《で》たところで、ネックレスを首輪《くびわ》のようにジャラジャラとぶらさげたシルバーヘアのするどい目《め》をしたお兄《にい》さんにつかまってしまった。

「沙耶《さや》ちゃん、逃《に》げてっ！」

先《さき》にお店《みせ》を出《で》た沙耶《さや》ちゃんが、驚《おどろ》いて戻《もど》ってこようとしたのであわてて首《くび》を横《よこ》にふり、先《さき》に逃《に》げるように伝《つた》える。

気《き》がつけばキンパツ頭《あたま》とシルバーヘアのお兄《にい》さんにはさまれていた。

「キミ、元気《げんき》いいね〜。そんなに元気《げんき》がいいなら、キミひとりで俺《おれ》ら全員《ぜんいん》、相手《あいて》にしてくれんのかな？」

そう言《い》いながら、キンパツ頭《あたま》がポケットからなにかを出《だ》して、見《み》せつけてきた。

ウソ……ナイフだ……！

「じゃ、行《い》こっか」

もうさからえない。ここまでだ……。

キンパツ頭《あたま》とシルバーヘアにはさまれて、絶望的《ぜつぼうてき》な気持《きも》ちで一歩《いっぽ》ふみだしたそのとき、グラリと大《おお》きく体《からだ》がゆれた。

ドンッと尻《しり》もちをついて見《み》あげると、キンパツ頭《あたま》が顔面《がんめん》にまわし蹴《げ》りを食《く》らっていると
ころだった。

その横《よこ》で、シルバーヘアがみぞおちを押《お》さえて座《すわ》りこんでいる。

あぜんとして目《め》の前《まえ》の光景《こうけい》を見《み》つめていると。

「りり花《か》！　走《はし》れっ！」

「玲音《れおん》……」

目《め》の前《まえ》で起《お》きた光景《こうけい》が信《しん》じられないまま、玲音《れおん》に手《て》を引《ひ》かれて無我夢中《むがむちゅう》で走《はし》った。

お店《みせ》からだいぶ離《はな》れたところまで走《はし》ると、足《あし》がもつれてしゃがみこんだ。

はぁ……はぁ……はぁ……。

「あんなとこでなにしてたんだよ！　バカりり花《か》！」

「なにって……はぁ……カラオケ……」

「あの店《みせ》あぶねぇんだよ！　なんであんな店入《みせはい》ってんだよ！　こんな時間《じかん》に出歩《であある》いて、バ
カかお前《まえ》！」

「こんな時間《じかん》って、まだ七時前《しちじまえ》だよ……」

「昼間《ひるま》だってあぶない場所《ばしょ》があるんだよっ！」

怒《いか》りくるう玲音《れおん》をじっと見《み》つめて聞《き》いてみる。

「どうしてあの場所《ばしょ》がわかったの？」

「それは……」

言《い》いにくそうに口《くち》をつぐんだ玲音《れおん》が、あきらめたように白状《はくじょう》する。

「……スマホ」

「……え？」

「りり花《か》の居場所《いばしょ》、GPS《ジーピーエス》で探《さが》した」

「GPS《ジーピーエス》!?」

「お前《まえ》の母《かあ》さんからたのまれてたんだよ。りり花《か》になにかあったときのためにって。俺《おれ》のスマホから、りり花《か》の居場所《いばしょ》探《さが》せるように登録《とうろく》してあるんだよ」

「いつから？」

「りり花《か》がスマホ買《か》った瞬間《しゅんかん》から」

「ってことは五年《ごねん》も前《まえ》から!?　怖《こわ》っ」

「はぁ!?　どの口《くち》が言《い》うか？　どの口《くち》が？」

玲音《れおん》にほっぺたを両手《りょうて》でぎゅっとつかまれて、涙目《なみだめ》になる。

「ご、ごめんなさいっ!! それより、玲音《れおん》……」

「ん？」

じっと玲音《れおん》の顔《かお》をのぞきこむ。

「さっきのまわし蹴《げ》りなんだけど……」

それを聞《き》いた玲音《れおん》が体《からだ》をかたくした。

「まわし蹴《げ》りって、シロウトじゃできないよ」

まるで見本《みほん》のようにきれいなまわし蹴《げ》りだった。

「これも言《い》わなきゃダメ？」

じーっと玲音《れおん》を見《み》つめて、コクンとうなずく。

すると観念《かんねん》したように玲音《れおん》が口《くち》を開《ひら》いた。

「あー、もうっ！ こっそり習《なら》ってたんだよ、空手《からて》。ずっとかくしとおすつもりだったのに！」

「え!? 玲音《れおん》、空手嫌《からてきら》いじゃなかったの？」

「嫌《きら》いなのは空手《からて》じゃなくて、りり花《か》の周《まわ》りにいた道場《どうじょう》の男《おとこ》たちだよ。りり花《か》が強《つよ》い男《おとこ》が好《す》きだって言《い》うから……」

頬《ほお》をふくらませて玲音《れおん》が目《め》をそらす。

「私《わたし》、全然《ぜんぜん》気《き》がつかなかった……」

「バレないように気《き》をつけてたんだよ。りり花《か》が習《なら》ってた道場《どうじょう》とは違《ちが》うとこだし」

信《しん》じられない思《おも》いで玲音《れおん》の話《はなし》に耳《みみ》をかたむけた。

「どうして教《おし》えてくれなかったの？」

「あいつに勝《か》てるようになるまでは、言《い》うつもりなかったんだよ」

「あいつって誰《だれ》？」

「絶対《ぜったい》に教《おし》えない！」

玲音《れおん》が顔《かお》をそむけたそのとき、スマホの着信《ちゃくしん》に気《き》がついた。

「あっ、沙耶《さや》ちゃんから着信《ちゃくしん》が入《はい》ってる！」

「沙耶《さや》ちゃんなら、交番《こうばん》に逃《に》げこんで親《おや》が迎《むか》えに来《き》てたよ。だから無事《ぶじ》だよ」

「そっか、よかったあ……」

「ついでに、警察《けいさつ》もあの店《みせ》に向《む》かったから、もう大丈夫《だいじょうぶ》だと思《おも》う。今《いま》までにも同《おな》じようなことが何度《なんど》もあったらしいから」

「そ、そうなんだ……」

安心《あんしん》したら、力《ちから》が抜《ぬ》けた。

ふにゃふにゃと歩道《ほどう》にしゃがみこむと、玲《れ》音《おん》の両腕《りょううで》に包《つつ》まれた。

「心配《しんぱい》させんな、バカッ」

玲《れ》音《おん》の胸《むね》のなかでコクンとうなずいた。

「ほら、帰《かえ》るぞ」

玲《れ》音《おん》に手《て》を引《ひ》っぱられて立《た》ちあがり、手《て》をつないでマンションまで戻《もど》った。

玲《れ》音《おん》の手《て》、あったかいな……。

いつの間《ま》に玲《れ》音《おん》の手《て》はこんなに大《おお》きくなったんだろう。

家《いえ》に帰《かえ》って、シャワーを浴《あ》びると、バタンとベッドに体《からだ》を投《な》げだした。

「疲《つか》れたーっ!!」

はぁ……。本当《ほんとう》に怖《こわ》かった……。

玲《れ》音《おん》が助《たす》けに来《き》てくれなかったら、どうなっていたんだろう……。

あのときの玲《れ》音《おん》、ちょっとかっこよかったな……。かっこよくてドキドキした。

ふわぁ。気《き》が抜《ぬ》けたら急《きゅう》に眠《ねむ》くなった。まぶたが……重《おも》い……。

〜玲音《れおん》side《サイド》〜

シャワーを浴《あ》びて、りり花《か》の部屋《へや》に向《む》かう。あいかわらずりり花《か》は無防備《むぼうび》に眠《ねむ》っている。

りり花《か》の寝顔《ねがお》をながめながら、その髪《かみ》をゆっくりとなでた。

りり花《か》が無事《ぶじ》で、本当《ほんとう》によかった。

はぁ……。マジであせった。

少《すこ》しでも遅《おく》れていたら……と、考《かんが》えるだけでゾッとする。

寝《ね》ているりり花《か》の隣《となり》にもぐりこみ、両手《りょうて》でりり花《か》をぎゅっと抱《だ》きしめる。

りり花《か》の髪《かみ》に顔《かお》をうずめて、そのおでこに軽《かる》くキスをする。

「俺《おれ》が、りり花《か》のことを守《まも》るから」

寝《ね》ているりり花《か》にそうつぶやいて、りり花《か》の体温《たいおん》を両手《りょうて》に感《かん》じながら目《め》を閉《と》じた。


翌日《よくじつ》、朝《あさ》のホームルームが終《お》わると、先生《せんせい》が黒板《こくばん》に『自習《じしゅう》』と大《おお》きく書《か》いた。

「お前《まえ》ら、自習《じしゅう》は休《やす》み時間《じかん》とは違《ちが》うからな。とりあえず絶対《ぜったい》に教室《きょうしつ》から出《で》るなよ」

それだけ伝《つた》えると、先生《せんせい》はさっさと職員室《しょくいんしつ》に戻《もど》っていった。

「ねえねえ、りり花《か》、早弁《はやべん》しちゃおうよ！　お昼《ひる》は買《か》いに行《い》けばいいしっ！」

「賛成《さんせい》！　お腹《なか》すいたよね！」

お弁当《べんとう》をカバンから取《と》りだして、窓際《まどぎわ》の沙耶《さや》ちゃんの席《せき》の前《まえ》に座《すわ》る。

すると、沙耶《さや》ちゃんが校庭《こうてい》を見《み》て眉《まゆ》を寄《よ》せた。

「ねえ、あの一年《いちねん》、どうして玲音《れおん》くんのジャージ着《き》てるの？」

「え？　あれ玲音《れおん》のジャージなの？」

校庭《こうてい》で体育《たいいく》の授業《じゅぎょう》を受《う》けている一年生《いちねんせい》のなかに、だぶだぶの大《おお》きなジャージを着《き》て走《はし》る女《おんな》の子《こ》がいる。

「さっきすれ違《ちが》ったら胸《むね》に『如月《きさらぎ》』ってししゅうがされてたんだよね。肩《かた》にラインが入《はい》ってるのは男子《だんし》のジャージだし、この学校《がっこう》で、如月《きさらぎ》って名字《みょうじ》は玲音《れおん》くんだけでしょ」

すると、玲音《れおん》が私《わたし》たちの席《せき》までやってきた。

「りりちゃん、今日《きょう》の帰《かえ》り、部活見《ぶかつみ》に来《こ》られる？」

「ごめん、今日《きょう》はムリ」

「ちぇっ。つまんないの。やる気出《きで》ねぇ」

「部活《ぶかつ》くらいひとりでがんばりなさい」

肩《かた》を落《お》とした玲音《れおん》にあきれていると、沙耶《さや》ちゃんが玲音《れおん》にするどい視線《しせん》を向《む》けた。

「それより、玲音《れおん》くん。あの子《こ》なんで玲音《れおん》くんのジャージ着《き》てるの？」

沙耶《さや》ちゃんの視線《しせん》を追《お》って校庭《こうてい》を見《み》まわした玲音《れおん》が、ぴたりと動《うご》きを止《と》めた。

「……なんであいつ、俺《おれ》のジャージ着《き》てんの？」

「玲音《れおん》くんの知《し》り合《あ》い？」

沙耶《さや》ちゃんがたずねると、玲音《れおん》が不機嫌《ふきげん》そうに答《こた》えた。

「うちの部《ぶ》のマネージャー。あいつなに考《かんが》えてんだ？」

「さあ？」

三人《さんにん》でなんとなく校庭《こうてい》をながめていると、机《つくえ》の上《うえ》に置《お》いてあった私《わたし》のスマホがふるえた。

それは、颯大《そうた》からのメッセージだった。

モヤモヤした気《き》持《も》ち

その日《ひ》の夕飯《ゆうはん》の時間《じかん》。ハンバーグを食《た》べながら、ご機嫌《きげん》の玲音《れおん》をちらりとぬすみ見《み》る。

「りりちゃん、めちゃくちゃうまいっ！　俺《おれ》、絶対《ぜったい》りりちゃんのハンバーグが、世界一《せかいいち》うまいと思《おも》うっ！」

「じゃ、明日《あした》のお弁当《べんとう》にもいれておくね」

「本当《ほんとう》に!?　やったっ！　いい彼女《かのじょ》もって、俺《おれ》って本当《ほんとう》に幸《しあわ》せ者《もの》だ〜！」

「彼女《かのじょ》じゃないけどね？」

できるかぎりの冷《つめ》たい視線《しせん》を玲音《れおん》に送《おく》る。

「あいかわらずつれないなあ！　でも、俺《おれ》はりりちゃんのこと大好《だいす》きでしょ？　それで、りりちゃんも俺《おれ》のこと好《す》きでしょ？」

「幼《おさな》なじみとしてね？」

「つつうか、りりちゃん、全然《ぜんぜん》食《た》べてないじゃん！　ほら、あーんして！」

フォークに刺《さ》したハンバーグを私《わたし》に差《さ》しだすと、玲音《れおん》がじっと私《わたし》の目《め》をのぞきこむ。

「……りりちゃん俺《おれ》になんかかくしてるでしょ？」

ドキッ!!

「えっと、いや、どうして？」

びっくりして思《おも》わず麦茶《むぎちゃ》をこぼしそうになった私《わたし》を、玲音《れおん》がじっと見《み》つめている。

「りりちゃんってさ、ハンバーグ作《つく》るのは世界一《せかいいち》上手《じょうず》だと思《おも》うけど、かくしごとするのは世界一《せかいいち》ヘタだよね？」

「べ、べつにかくすつもりなんてなかったよ。ただ……」

「ただ？」

ニコニコしてるけど、玲音《れおん》の目《め》、全然《ぜんぜん》笑《わら》ってない……。

わーんっ……、ものすごく怖《こわ》いっ。

「あ、あのね……、その、颯大《そうた》から連絡《れんらく》があったの……」

「……颯大《そうた》？」

颯大《そうた》の名前《なまえ》を聞《き》いた瞬間《しゅんかん》、玲音《れおん》のこめかみがピクリと動《うご》いた。

「この前《まえ》の大会《たいかい》で颯大《そうた》、優勝《ゆうしょう》したんだって。それで、颯大《そうた》のお祝《いわ》い会《かい》を道場《どうじょう》のメンバーでやることになってね」

「……ふたりきりなの？」

「ま、まさかっ！　師範《しはん》や館長《かんちょう》も来《く》るよ」

「りりちゃんは行《い》きたいの？」

「少《すこ》しだけでも参加《さんか》したいなぁとは思《おも》ってるけど。この前《まえ》のカラオケで、玲音《れおん》に迷惑《めいわく》かけちゃったし、玲音《れおん》が行《い》くなっていうなら行《い》かないよ？」

「じゃ、心配《しんぱい》だから行《い》かないで」

「わかった……」

コクンとうなずいて視線《しせん》を落《お》とした。

……しかたないよね。

そう思《おも》いつつも、やっぱりちょっと残念《ざんねん》。

すると、ニコっと笑《わら》った玲音《れおん》に、おでこをペシっとたたかれた。

「なーんて、ウソだよっ。そんなに落《お》ちこんだ顔《かお》するなって」

「本当《ほんとう》!?　行《い》ってもいいの？」

思《おも》わず身《み》を乗《の》りだす。

「どこでやるの？　そのお祝《いわ》い会《かい》」

「駅前《えきまえ》の『焼肉《やきにく》ジュージュー』だって」

「食《た》べ放題《ほうだい》のとこ？」

「うん！」

「久《ひさ》しぶりに楽《たの》しんでおいでよ」

笑顔《えがお》の玲音《れおん》に、ホッと胸《むね》をなでおろした。

やった〜!!

「じゃ、早速《さっそく》、行《い》けるって返事《へんじ》してくるっ！」

スマホを取《と》りだして、すぐに颯大《そうた》に返事《へんじ》を送《おく》った。

〜玲音《れおん》side《サイド》〜

「つうかさ、あんなの本心《ほんしん》のはずないだろ……」

ベッドに腰《こし》かけて、すやすやと眠《ねむ》ってしまったりり花《か》にこぼす。

「あんな悲《かな》しそうな顔《かお》されたら〝行《い》くな〟なんて言《い》えないだろ」

りり花《か》のサラサラの髪《かみ》を指《ゆび》ですくうと、気持《きも》ちよさそうにりり花《か》が頬《ほお》をゆるめる。

「行《い》かせたくねー……」

幸《しあわ》せそうに眠《ねむ》っているりり花《か》に、ゆっくりと顔《かお》を近《ちか》づけておでこにキスを落《お》とした。

颯大《そうた》にとられるくらいなら、このまま……。

そんな思《おも》いが頭《あたま》をかすめたけれど、少《すこ》しためらって、その手《て》を止《と》めた。

りり花《か》の心《こころ》が俺《おれ》のものになんなきゃ意味《いみ》ないし。

あーあ……なんで、行《い》っていいなんて言《い》っちゃったんだろ。

寝《ね》ているりり花《か》の隣《となり》にすべりこむと、ふんわりと甘《あま》い香《かお》りがただよってくる。

両手《りょうて》でりり花《か》を抱《だ》きしめて、りり花《か》の髪《かみ》に顔《かお》をうずめた。

このままずっと俺《おれ》の腕《うで》の中《なか》にとじこめておけたらいいのにね。


りり花《か》が出《で》かける土曜日《どようび》の夕方《ゆうがた》は、すぐにやってきた。

「じゃ、玲音《れおん》、夕飯《ゆうはん》ここに置《お》いておくからね？　ひとりで大丈夫《だいじょうぶ》？」

「うん、俺《おれ》もでかけるかもしれないし」

「そっか」

「りりちゃん、遅《おそ》くならないようにね？　帰《かえ》り、迎《むか》えに行《い》こうか？」

「ううん、大丈夫《だいじょうぶ》っ！」

いつになく浮《う》かれているりり花《か》を、横目《よこめ》でちらりと見《み》る。

そんなりり花《か》の両手首《りょうてくび》をつかんで、無理《むり》やり壁《かべ》に押《お》しつけた。

「りりちゃん、俺《おれ》、りりちゃんのこと本気《ほんき》だから。それだけは覚《おぼ》えておいてね？」

きょとんと俺《おれ》を見《み》あげたりり花《か》に唇《くちびる》を近《ちか》づけると、間髪入《かんぱつい》れずに平手《ひらて》が飛《と》んできた。

「玲音《れおん》こそ、お約束三《やくそくさん》か条《じょう》、覚《おぼ》えておいてね？　私《わたし》も本気《ほんき》だから」

「さすがりりちゃん！　絶妙《ぜつみょう》の切《き》りかえし」

ひりひりと痛《いた》む頬《ほお》をさすると、そっとりり花《か》を抱《だ》きしめた。

「りりちゃん、いってらっしゃい」

「うん。行《い》ってくるね？」

無言《むごん》のまま見《み》つめあうこと、約三分《やくさんぷん》。

「……玲音《れおん》、いいかげん離《はな》して」

俺《おれ》の両腕《りょううで》に閉《と》じこめられたりり花《か》が、身動《みうご》きできず抗議《こうぎ》する。

「じゃ、いってきま〜す！」

力《ちから》をゆるめると俺《おれ》の腕《うで》からすり抜《ぬ》けて、りり花《か》はウキウキと出《で》かけていった。

りり花《か》が家《いえ》を出《で》て十分《じっぷん》が過《す》ぎたところで、俺《おれ》も着《き》がえはじめる。

家《いえ》を出《で》ようとドアを開《あ》けて、眉《まゆ》をひそめた。

「こんなとこで、なにしてんの？」

隣《となり》の家《いえ》の前《まえ》にマネージャーの畠山《はたけやま》が立《た》っていた。

「あの、如月先輩《きさらぎせんぱい》に借《か》りてたジャージを返《かえ》しに来《き》たんですけど。でも、あれ？　如月先輩《きさらぎせんぱい》の家《いえ》ってこっちじゃ……？　先輩《せんぱい》が出《で》てきた家《いえ》、吉川《よしかわ》って表札《ひょうさつ》がありますよね……」

まずい……。りり花《か》とくらしていることは、かくさないと。

「ちょっとりりちゃんちに用《よう》があってさ」

りり花《か》の家《いえ》のカギを閉《し》めている俺《おれ》を、畠山《はたけやま》がいぶかしげに見《み》つめている。

「それより、ジャージなんて、部活《ぶかつ》で渡《わた》してくれればいいだろ？」

無愛想《ぶあいそう》に伝《つた》えると、畠山《はたけやま》は肩《かた》を落《お》とした。

「ま、いいや。とりあえずバス停《てい》まで送《おく》る」

スマホとカギをポケットにつっこんで、エレベーターホールに向《む》かう。

マンションを出《で》てしばらく無言《むごん》だった畠《はたけ》山《やま》が、ふいに立《た》ち止《ど》まり口《くち》を開《ひら》いた。

「吉川先輩《よしかわせんぱい》と如月先輩《きさらぎせんぱい》って、まさか一緒《いっしょ》にくらしてるんですか？」

「だから、りり花《か》の家《いえ》に用《よう》があっただけだって言《い》ってるだろ？」

「合《あ》いカギまで持《も》ってるのに？」

「それだけ俺《おれ》とりり花《か》が深《ふか》い関係《かんけい》だってことだよ？　つうか、勝手《かって》に押《お》しかけてきて、余《よ》計《けい》なこと詮索《せんさく》されても困《こま》るんだけど」

口調《くちょう》を強《つよ》めると、畠山《はたけやま》が視線《しせん》を落《お》とす。

「……もし、吉川先輩《よしかわせんぱい》とふたりでくらしてることがバレたら、きっと大変《たいへん》なことになりますよね？」

「……だとしても、畠山《はたけやま》には関係《かんけい》ない」

「関係《かんけい》あります……。入学《にゅうがく》してから毎日《まいにち》、先輩《せんぱい》のこと見《み》てました。サッカー部《ぶ》に入《はい》ったのも先輩《せんぱい》に少《すこ》しでも近《ちか》づきたかったから。私《わたし》、如月先輩《きさらぎせんぱい》のことが好《す》きです！」

「でも、俺《おれ》、りり花《か》のことしか好《す》きじゃないよ？」

思《おも》いつめた様子《ようす》の畠山《はたけやま》に、あっさりと伝《つた》えた。

「どうして吉川先輩《よしかわせんぱい》なんですか？」

「なぜならば、俺《おれ》がりり花《か》のことをどうしようもなく好《す》きだから」

「そんなの答《こた》えになってないです。それに……、もし如月先輩《きさらぎせんぱい》がそう思《おも》っていたとしても、吉川先輩《よしかわせんぱい》が如月先輩《きさらぎせんぱい》のことを大切《たいせつ》にしてるようには、見《み》えない。私《わたし》なら如月先輩《きさらぎせんぱい》のことをたたいたりしない。私《わたし》ならもっと先輩《せんぱい》のこと大切《たいせつ》にできます」

「りり花以上《かいじょう》に俺《おれ》のことを大切《たいせつ》にしてくれる人《ひと》はいないけどね」

「でも……」

「畠山《はたけやま》にはさ、もっといいヤツがいるよ。俺《おれ》、なかなか腹黒《はらぐろ》いからね？　こんな俺《おれ》をまともに相手《あいて》してくれるのなんて、りり花《か》くらいだと思《おも》うよ」

「そんなことないです!!　私《わたし》だって……」

気色《けしき》ばんだ畠山《はたけやま》の言葉《ことば》をすぐにさえぎった。

「悪《わる》いけど、俺《おれ》がりり花《か》じゃなきゃダメなんだよ。俺《おれ》の世界《せかい》は、すべてりり花《か》のためっつうか。シュートが決《き》まればりり花《か》に見《み》ててほしかったなって思《おも》うし、こうしてりり花《か》の話《はなし》してると、りり花《か》に会《あ》いたくてたまらなくなる」

「でも、吉川先輩《よしかわせんぱい》は如月先輩《きさらぎせんぱい》のこと、どう思《おも》ってるんですか？」

「俺《おれ》のこと好《す》きだって言《い》ってくれてるよ」

ま、残念《ざんねん》ながらちょっと意味《いみ》は違《ちが》うけど。

「だから、なにを言《い》われても俺《おれ》は畠山《はたけやま》の気持《きも》ちには応《こた》えられない」

「でも、簡単《かんたん》には先輩《せんぱい》のこと、忘《わす》れられません……」

唇《くちびる》をかんで下《した》を向《む》いた畠山《はたけやま》に、さとすように伝《つた》える。

「畠山《はたけやま》は、もう少《すこ》ししたらほかの誰《だれ》かを好《す》きになると思《おも》うよ。けど、俺《おれ》は違《ちが》う。俺《おれ》にとって、りり花《か》だけがこの世界《せかい》でたしかな存在《そんざい》なんだよ」

「たしかな存在《そんざい》？」

畠山《はたけやま》は、訳《わけ》がわからないといった顔《かお》をしている。

「たとえば、俺《おれ》がかっこいいシュートを決《き》められなくても、ものすごくなさけないことをしでかしても、どんな俺《おれ》であっても、りり花《か》は俺《おれ》に対《たい》して変《か》わらない。俺《おれ》がへこんだときには優《やさ》しく抱《だ》きしめてくれるし、俺《おれ》が間違《まちが》えたときには怒《おこ》ってくれる。なんつうか、もうＤＮＡ《ディーエヌエー》レベルでりり花《か》のことが好《す》きなんだよね」

「如月先輩《きさらぎせんぱい》がべたボレってことですか」

「そ、べたボレ」

今《いま》すぐりり花《か》に会《あ》いたいし。

暗《くら》い表情《ひょうじょう》で歩道《ほどう》のコンクリートを見《み》つめていた畠山《はたけやま》が、顔《かお》を上《あ》げて俺《おれ》を見《み》る。

「もし吉川先輩《よしかわせんぱい》と同棲《どうせい》してることを学校《がっこう》にバラすっておどしたら、私《わたし》とつきあってくれますか？　私《わたし》にキス……してくれますか？」

「……は？」

あんぐりと口《くち》を開《あ》けて、固《かた》まった。

「お前《まえ》、自分《じぶん》がなに言《い》ってるかわかってる……？」

「だって、どうしても私《わたし》の気持《きも》ちが、吉川先輩《よしかわせんぱい》に負《ま》けてるとは思《おも》えないから……」

くやしそうに唇《くちびる》をかみしめる畠山《はたけやま》にため息《いき》をつく。

「べつにいいけど、気持《きも》ちのないキスされてうれしい？　キスしたからって俺《おれ》、情《じょう》が移《うつ》ったりもしないけど」

「吉川先輩《よしかわせんぱい》ばっかりズルいです」

しぼりだすようにそう言《い》った畠山《はたけやま》の顔《かお》を、じっと見《み》つめる。

淡《あわ》く笑《わら》いかけると、畠山《はたけやま》の両肩《りょうかた》をつかんで顔《かお》を近《ちか》づけた。


はりきって家《いえ》を出《で》たのはいいけれど、バスに乗《の》ってからお財布《さいふ》を家《いえ》に忘《わす》れてきたことに気《き》づいた。

うわっ、失敗《しっぱい》した～！

久《ひさ》しぶりに道場《どうじょう》のみんなに会《あ》えるのがうれしくて、浮《う》かれすぎた。

今《いま》なら家《いえ》に取《と》りに帰《かえ》ってもまだ間《ま》にあうよね？

バスを途中下車《とちゅうげしゃ》すると、マンションに向《む》かって猛《もう》ダッシュ！

遅刻《ちこく》はしないと思《おも》うけど、今日《きょう》は少《すこ》しでも早《はや》く行《い》きたいっ。

しばらく走《はし》ると、歩道《ほどう》でいちゃいちゃしているカップルがいる。

どうしよう、少《すこ》し遠回《とおまわ》りになるけど、裏《うら》の道《みち》から行《い》こうかな。でも、時間《じかん》もないし。

気《き》がつかないふりして、走《はし》って通《とお》りすぎちゃえばいいか！
そう思《おも》って足《あし》を速《はや》めた瞬間《しゅんかん》、その背《せ》の高《たか》いうしろ姿《すがた》に動《うご》きを止《と》めた。
あれ？　もしかして、あれって……。
女《おんな》の子《こ》を抱《だ》きよせて、その耳元《みみもと》に顔《かお》を近《ちか》づけているのは……玲音《れおん》だ。
声《こえ》なんて聞《き》こえないし、表情《ひょうじょう》もよくわからない。
相手《あいて》の女《おんな》の子《こ》は背《せ》の高《たか》い玲音《れおん》にかくれてしまって、誰《だれ》なのかわからない。
でも、玲音《れおん》がうっすらと笑《わら》っているのはわかる。
……なんだかイヤだ。
心臓《しんぞう》が嫌《いや》な音《おと》をひびかせて、その場《ば》から逃《に》げだすように部屋《へや》に戻《もど》った。
他人《たにん》の空似《そらに》だったのかな……。
ううん、私《わたし》が玲音《れおん》のことを見間違《みまちが》えるはずがない。
混乱《こんらん》した頭《あたま》で机《つくえ》の上《うえ》に置《お》いてあったお財布《さいふ》をつかむ。
玲音《れおん》が一緒《いっしょ》にいたのは誰《だれ》なんだろう？
モヤモヤとした気持《きも》ちをふりはらうように、バス停《てい》に向《む》かって走《はし》った。

〜玲音side《れおんサイド》〜


うす暗《ぐら》くなってきた歩道《ほどう》で、頬《ほお》を赤《あか》く染《そ》めた畠山《はたけやま》を引《ひ》きよせる。

緊張《きんちょう》しているのか、畠山《はたけやま》の肩《かた》が小刻《こきざ》みにふるえている。

そんな畠山《はたけやま》の耳元《みみもと》でそっとささやいた。

「畠山《はたけやま》って、かわいいよな。サッカー部《ぶ》でも人気《にんき》あるし」

そう言《い》って少《すこ》し声《こえ》のトーンを落《お》とした。

「だから、自分《じぶん》に落《お》とせない男《おとこ》はいないと思《おも》った？　そうでもなきゃ、直接家《ちょくせついえ》まで来《き》たりしないよな。もし俺《おれ》がいなかったら、りり花《か》のこともおどすつもりだった？」

パッと顔《かお》をあげた畠山《はたけやま》に、冷《つめ》たい視線《しせん》を投《な》げつける。

「あのさ、俺《おれ》にどんなイヤがらせをしても、どんだけ俺《おれ》のことを悪《わる》く言《い》いふらしてもかまわない。でも、万《まん》が一《いち》、りり花《か》のことを少《すこ》しでも困《こま》らせるようなことしたら、たとえ同《おな》じ部《ぶ》のマネージャーでも、ただじゃすまないからね？」

驚《おどろ》いて目《め》を見開《みひら》いた畠山《はたけやま》に静《しず》かに続《つづ》ける。

「バラしたければ、俺《おれ》たちが一緒《いっしょ》にくらしてることをバラせばいい。そしたら俺《おれ》が学校《がっこう》を辞《や》めればいいだけのことだから。でも、男《おとこ》であれ女《おんな》であれ、りり花《か》を傷《きず》つけるヤツだけは絶対《ぜったい》に許《ゆる》さない。わかった？」

コクコクとおびえながらうなずいた畠山《はたけやま》を、正面《しょうめん》から見《み》すえる。

「じゃ、もう俺《おれ》たちには近《ちか》づかないでね？」

にっこり笑《わら》ってそう伝《つた》えると、畠山《はたけやま》はふるえながらうなずいた。

「でも、どうして……吉川先輩《よしかわせんぱい》ばっかり……」

消《き》えいる声《こえ》でそうつぶやくと、畠山《はたけやま》は逃《に》げるように走《はし》り去《さ》っていった。

畠山《はたけやま》が見《み》えなくなると、すぐにりり花《か》のいる店《みせ》に向《む》かった。

「りり花《か》どうした？　肉《にく》、食《く》ってる？」

颯大《そうた》に顔《かお》をのぞきこまれて、はっと顔《かお》をあげた。

「う、うんっ！」

「最近《さいきん》は道場《どうじょう》に来《こ》ないいじゃん。どうした？」

パクパクといきおいよくお肉《にく》を平《たい》らげていく颯大《そうた》に、笑顔《えがお》を作《つく》る。

「ちょっとバタバタしててね。でも、颯大《そうた》すごいよねっ。この前《まえ》の大会《たいかい》、圧勝《あっしょう》だったんだってね!! さっきもね、館長《かんちょう》が自分《じぶん》のことみたいに自慢《じまん》してたよ」

「全然圧勝《ぜんぜんあっしょう》じゃねえって。けっこうあぶなかったんだぜ?」

「またまた。颯大《そうた》はいつもそうやって謙遜《けんそん》するよね」

「謙遜《けんそん》なんかしてねえって」

颯大《そうた》が恥《は》ずかしそうに頭《あたま》をかくと、颯大《そうた》の後輩《こうはい》たちが会話《かいわ》に加《くわ》わる。

「圧勝《あっしょう》なんてもんじゃなかったっすよ! 男《おとこ》もホレるかっこよさでしたよ、マジで!」

「颯大《そうた》さんは、無敵《むてき》のエースなのにえらそうにしないし優《やさ》しいし、女子《じょし》にもモテモテで俺《おれ》たちのあこがれっす!」

「へー、すごいじゃん、颯大《そうた》っ」

にやりと笑《わら》って颯大《そうた》の脇腹《わきばら》をつつくと、おもしろくなさそうに颯大《そうた》が頬《ほお》をふくらませた。

「そんなの興味《きょうみ》ねえもん」

「つたく、颯大《そうた》ばっかりズルいんだよっ」

「影沢《かげさわ》さん、彼女《かのじょ》と別《わか》れたばかりだからってやつあたりしないでくださいよ」

「うるせえっ！　お前《まえ》なんてさっさと彼女《かのじょ》つくっちまえ」

「カンベンしてくださいよ。俺《おれ》、ちゃんと好《す》きな子《こ》いるんですから」

みんなの話《はなし》に耳《みみ》をかたむけていると颯大《そうた》と目《め》が合《あ》った。

うーん……みんなに会《あ》えてすごくうれしいのに、気持《きも》ちがしずむ。

さっきの玲音《れおん》の姿《すがた》が、頭《あたま》から離《はな》れない。

どうしてこんな気持《きも》ちになるんだろう……。


お店《みせ》を出《で》ると、颯大《そうた》にトンっと肩《かた》をたたかれた。

「りり花《か》、送《おく》ってくよ」

「まだそんなに遅《おそ》くないから大丈夫《だいじょうぶ》だよ？」

「つうか、話《はな》したいこともあるし」

「話《はな》したいこと？」

颯大《そうた》に首《くび》をかしげたそのとき、うしろから腕《うで》をつかまれた。

「りり花《か》、帰《かえ》ろう」

「え、玲音《れおん》!?」

……玲音《れおん》がどうしてここに？

びっくりして目《め》をぱちくりさせていると、館長《かんちょう》に呼《よ》ばれた。

「りり花《か》、これ、お前《まえ》の忘《わす》れ物《もの》じゃないのか？」

「今《いま》、行《い》きます！　颯大《そうた》、玲音《れおん》、ごめんね、ちょっと待《ま》ってて！」

そうふたりに声《こえ》をかけて、館長《かんちょう》のもとに走《はし》った。

宣戦布告《せんせんふこく》

〜玲音《れおん》side《サイド》〜


りり花《か》がいなくなると、颯大《そうた》が苦笑《にがわら》いしながら頭《あたま》をかいた。

「玲音《れおん》くんのお迎《むか》えか。今日《きょう》は俺《おれ》がりり花《か》をマンションまで送《おく》りたいんだけどな」

「俺《おれ》がいるんだから、そんな必要《ひつよう》ない」

きっぱり伝《つた》えると、颯大《そうた》がまっすぐに俺《おれ》を見《み》すえる。

「玲音《れおん》くんがりり花《か》を大切《たいせつ》に思《おも》ってるのと同《おな》じくらいには、俺《おれ》もりり花《か》のことを大切《たいせつ》に思《おも》ってるよ」

「——は？」

それって……。

「俺《おれ》も、ずっとりり花《か》のことが好《す》きだった。かくすつもりもない」

「なに勝手《かって》なこと言《い》ってんだよ！」

思《おも》わずつめよると、「落《お》ちつけよ」と颯大《そうた》にいさめられた。

「ここで俺《おれ》たちが言《い》いあらそったところで、りり花《か》を困《こま》らせるだけだよ」

冷静《れいせい》な颯大《そうた》に、なにも言《い》いかえすことができない。

くやしくて、爪《つめ》がくいこむほど強《つよ》く手《て》をにぎりしめた。

「俺《おれ》がただの空手仲間《からてなかま》で終《お》わるのか、玲音《れおん》くんがただの幼《おさな》なじみで終《お》わるのか。それを決《き》めるのは俺《おれ》たちじゃない、りり花《か》だろ？　おたがい、正々堂々《せいせいどうどう》いこうな」

颯大《そうた》がそう言《い》ったところで、りり花《か》が戻《もど》ってきた。

「あれ、ふたりともどうしたの？」

「なんでもないよ。りり花《か》、いつでも相手《あいて》するから必要《ひつよう》なときは声《こえ》かけろよ」

「ありがとう颯大《そうた》、またね！」

颯大《そうた》に手《て》をふるりり花《か》に、「俺《おれ》たちも帰《かえ》ろう」と歩《ある》きだす。

「あのね、どうして玲音《れおん》がこんなところにいるの？」

「あぶないから迎《むか》えに来《き》たんだよ」

「あぶないって、まだ八時半《はちじはん》だよ？」

「この前《まえ》のこともあるし、りり花《か》、夜苦手《よるにがて》だろ？　暗《くら》いところひとりで歩《ある》けないから」

「それはそうだけど……」

「うそ、ヤキモチ」

「え？」

「颯大《そうた》に対《たい》しては俺《おれ》、全力《ぜんりょく》でヤキモチ焼《や》いてるから」

「玲音《れおん》こそ、さっきの……」

「ん？」

途中《とちゅう》で言葉《ことば》を切《き》ったりり花《か》を不思議《ふしぎ》に思《おも》い、立《た》ちどまった。


『玲音《れおん》こそ、さっきの女《おんな》の子《こ》となにしてたの』

そう聞《き》きかけて、やめた。

心配《しんぱい》そうに私《わたし》の顔《かお》をのぞきこんでいる玲音《れおん》を、じっと見《み》つめる。

こんなに気《き》になるなら聞《き》いちゃえばいいのに。

どうしてだろう、聞《き》くことができない。

うす暗《ぐら》い通《とお》りにさしかかると、玲音《れおん》が足《あし》を止《と》めた。

「りりちゃん、ちょっと寄《よ》ってかない？」

「え？」

玲音《れおん》が指《ゆび》さしたのは、小《ちい》さいころによく遊《あそ》んだ公園《こうえん》だった。

「うわっ、なつかしいね。小《ちい》さいころとほとんど変《か》わってないね」

子供《こども》のころはすごく大《おお》きく感《かん》じたジャングルジムが、小《ちい》さく感《かん》じられる。

「久《ひさ》しぶりに登《のぼ》ってみようよ」

「そうだねっ」

ジャングルジムのてっぺんに登《のぼ》って目《め》を丸《まる》くする。

「この公園《こうえん》、こんなに小《ちい》さかったんだね？」

「そうだな」

玲音《れおん》がサラサラと髪《かみ》をゆらしながら目《め》を細《ほそ》めた。

「りりちゃんとさ、ここでよく願《ねが》いごとしたよな」

「一番星《いちばんぼし》にお願《ねが》いごとをひとつだけってやつ？」

「ん。俺《おれ》さ、実《じつ》はいつもふたつ願《ねが》いごとしてたんだ」

静《しず》かな公園《こうえん》に玲音《れおん》の声《こえ》が優《やさ》しくひびく。

「りりちゃんはなんてお願《ねが》いしてたの？」

「おばさんの病気《びょうき》が治《なお》りますようにって。玲音《れおん》は？」

「ひとつは、母《かあ》さんの病気《びょうき》がよくなりますように。もうひとつは、りりちゃんとずっと一緒《いっしょ》にいられますようにって。まだ入院《にゅういん》してるけど、母《かあ》さんは元気《げんき》でいてくれるし、りりちゃんとは今《いま》でも一緒《いっしょ》に過《す》ごせてるから、願《ねが》いごとちゃんとかなってるのかもな」

夜空《よぞら》をあおぎながら、玲音《れおん》はおだやかな笑顔《えがお》を浮《う》かべている。

「じゃ、久《ひさ》しぶりにお願《ねが》いごとしてみようか！」

「だな」

目《め》をつぶり、小《ちい》さいころと変《か》わらない願《ねが》いごとを胸《むね》のなかでつぶやいた。

「玲音《れおん》はなにをお願《ねが》いしたの？」

「母《かあ》さんがよくなりますように。それから、りりちゃんの特別《とくべつ》な存在《そんざい》になれますように」

「じゅうぶん特別《とくべつ》な存在《そんざい》だと思《おも》うけど？」

むしろ、特殊《とくしゅ》な存在《そんざい》？

「じゃ、キスしてもいい？」

「……え？」

月明《つきあ》かりに照《て》らされた玲音《れおん》と視線《しせん》がからんでドキリとする。

「りり花《か》、こっち見て。俺《おれ》のことちゃんと見《み》て」

玲音《れおん》の片手《かたて》にそっとほっぺたを包《つつ》まれた。

瞳《ひとみ》が近《ちか》づいて、玲音《れおん》の唇《くちびる》が私《わたし》の唇《くちびる》にふれる瞬間《しゅんかん》、女《おんな》の子《こ》を抱《だ》きよせていた玲音《れおん》の姿《すがた》が頭《あたま》をよぎった。

「ごめんっ」

とっさに玲音《れおん》から顔《かお》をそむけてしまった。

「ガチで謝《あやま》られるとけっこう傷《きず》つくんだけど。むしろいつもみたいになぐってもらったほうが爽快《そうかい》かも？」

無理《むり》に笑《わら》った玲音《れおん》に、ぎゅうっと胸《むね》が苦《くる》しくなってつぶやいた。

「子供《こども》のころはよかったね……。むずかしいことなんてなにも考《かんが》えずに、楽《たの》しければ笑《わら》って、悲《かな》しければ泣《な》いて、思《おも》ったまま毎日《まいにち》を過《す》ごすことができた」

玲音《れおん》がかわいくてしょうがなくて、一緒《いっしょ》にいるのがすごく楽《たの》しかった。

こんな気持《きも》ちになることだってなかった。

夜空《よぞら》を見《み》あげると、厚《あつ》い雲《くも》にかくされて、今夜《こんや》は星《ほし》がひとつも見《み》あたらない。

すると、少《すこ》し大人《おとな》びた表情《ひょうじょう》で玲音《れおん》がほほえむ。

「俺《おれ》は今《いま》でも、思《おも》ったまま毎日《まいにち》を過《す》ごしてるよ？　『りりちゃんのこと大好《だいす》きだよー』って目《め》いっぱいアピールしてるつもりなんだけど、伝《つた》わらない？」

「じゃ、どうして……」

――どうして、ほかの女《おんな》の子《こ》を抱《だ》きしめていたの？

そう聞《き》きかけて言葉《ことば》をのんだ。

「ん？」

「……なんでもない」

よくわからないよ……。

玲音《れおん》がなにを考《かんが》えているのか、どうしてこんな気持《きも》ちになるのか、わからない。

「ごめんな、りり花《か》。さっきの……、イヤだったよな」

ポツリとつぶやいた玲音《れおん》に、とまどいながら首《くび》を横《よこ》にふる。

いやだったのは、玲音《れおん》がほかの女《おんな》の子《こ》と一緒《いっしょ》にいたこと。

そして、それをだまっていることだよ……。

翌々日《よくよくじつ》。

授業中《じゅぎょうちゅう》、真剣《しんけん》に黒板《こくばん》を見《み》ている玲音《れおん》を見《み》てため息《いき》をついた。

気づけば玲音《れおん》を目《め》で追《お》っていて、玲音《れおん》から目《め》が離《はな》せない。

玲音《れおん》は公園《こうえん》での出来事《できごと》がなかったかのように、いつも通《どお》り過《す》ごしている。

「りり花《か》、どうしたの？」

二時間目《にじかんめ》の休《やす》み時間《じかん》になると、沙耶《さや》ちゃんが私《わたし》の顔《かお》を心配《しんぱい》そうにのぞきこむ。

「なんでもないよ」って笑《わら》って答《こた》えたけど。

どうしたんだろう……、玲音《れおん》がキラキラかがやいて見《み》える……。

すると、目《め》が合《あ》った玲音《れおん》がこっちにやってきて、抱《だ》きついてくる。

「り〜り〜ちゃん！　深刻《しんこく》な顔《かお》してどうしたの？」

「ちょ、玲音《れおん》、やめてっ！　苦《くる》しいってば！」

「本当《ほんとう》はうれしいくせに〜！」

そう言《い》って、私《わたし》の正面《しょうめん》にまわった玲音《れおん》が目《め》を丸《まる》くして驚《おどろ》いた。

「わわっ、ごめん、りりちゃんっ！　マジで苦《くる》しかったんだ。顔《かお》、まっ赤《か》！」

そんな玲音《れおん》に力《ちから》なくこぶしをふるうのでせいいっぱい……。

沙耶《さや》ちゃんがロッカーから体操服《たいそうふく》を取《と》りだしているのを見《み》て気《き》がついた。

「どうしたの？」

「ぼーっとしてて、ジャージ家《いえ》に忘《わす》れてきちゃった。三時間目《さんじかんめ》、体育《たいいく》だよね？」

「じゃ、見学《けんがく》？」

「そうしようかな」

すると、それを聞《き》いた玲音《れおん》が笑顔《えがお》になった。

「りりちゃん、俺《おれ》のジャージ貸《か》してあげるよ。俺《おれ》、部活用《ぶかつよう》のジャージあるから」

「ありがと。でも今日《きょう》は見学《けんがく》しちゃう」

「なんで？　いつも俺《おれ》のパーカーとか勝手《かって》に着《き》てるのに」

「だって、玲音《れおん》のジャージ、汗《あせ》くさそうだし」

「俺《おれ》は汗《あせ》すらもさわやかだよ？」

そんなの知《し》ってる。

玲音《れおん》は汗《あせ》をかいても、いいにおいがする。

ただ、ほかの女《おんな》の子《こ》が着《き》ていたジャージだと思《おも》うと、ちょっとだけ抵抗《ていこう》がある。

なにより、こんなことを気《き》にしている自分《じぶん》が、すごくいやだ。

すると、ズボっと頭《あたま》からジャージをかぶせられた。

「りりちゃん、それ俺《おれ》の試合用《しあいよう》の勝負《しょうぶ》ジャージ。それ着《き》てると、調子《ちょうし》いいんだよ。だから特別《とくべつ》に貸《か》してあげるっ！」

「えー、いいよ。これ着《き》ちゃうと見学《けんがく》できなくなっちゃう」

「いいからいいから！」

「っていうか、背中《せなか》にこんなに大《おお》きく『KISARAGI《きさらぎ》』って入《はい》ってたら、玲音《れおん》から借《か》りたのバレバレだよっ！」

「いいじゃん、そのうち、りりちゃんだって如月《きさらぎ》になるんだから！」

「なりませんっ！」

玲音《れおん》にはそう答《こた》えたけど。

玲音《れおん》のジャージだと思《おも》うと、落《お》ちつかないよ……。

幼《おさな》なじみは心配性《しんぱいしょう》

つ、疲《つか》れた……。

背中《せなか》に大《おお》きく『KISARAGI《きさらぎ》』の名前《なまえ》が入《はい》ったジャージを借《か》りたせいで、「やっぱりあのふたりつきあってるんだ！」とか「じつは婚約《こんやく》してるらしい！」とかあることないことウワサされて、否定《ひてい》してまわるのが大変《たいへん》だった。

授業《じゅぎょう》が終《お》わり、ぐったりとバス停《てい》に向《む》かって歩《ある》いていると、ポンッと肩《かた》をたたかれた。

「りり花《か》、こんなところでなにしてんの？」

「颯大《そうた》こそ、こんなところでどうしたの⁉」

ふりかえると、そこに立《た》っていたのは学《がく》ラン姿《すがた》の颯大《そうた》だった。

制服《せいふく》の颯大《そうた》を見《み》るのは初《はじ》めてで、なんだか新鮮《しんせん》。

「たまたまこの近《ちか》くに用《よう》があってさ。それよりボケッとしてどうした？」

「ちょっと色々《いろいろ》あって……」

「そっか、りり花《か》、このあとヒマ？　ヒマなら飯食《めしく》いに行《い》かね？　腹《はら》ペコペコでさ」

「ごめん、夕飯《ゆうはん》までに帰《かえ》らなきゃいけないんだ」

「もしかして、玲音《れおん》くんが家《いえ》で待《ま》ってる……とか？」

颯大《そうた》を見《み》あげて、うなずいた。

「りり花《か》って、いつも玲音《れおん》くんと一緒《いっしょ》に夕飯《ゆうはん》食《く》ってんの？」

颯大《そうた》と並《なら》んで歩《ある》きながら、言葉《ことば》を選《えら》んだ。

「玲音《れおん》の家《いえ》、いろいろあってね。小《ちい》さいころからうちでご飯食《はんた》べてるんだ」

「そっか。……あのさ、りり花《か》と玲音《れおん》くんってつきあってんの？」

「ま、まさかっ!!」

びっくりして颯大《そうた》を見《み》あげると、颯大《そうた》が小《ちい》さく笑《わら》った。

「じゃ、俺《おれ》とつきあう？」

「え？　颯大《そうた》？　あ、あの……？」

「本気《ほんき》だよ。さすがに冗談《じょうだん》でこんなこと言《い》わないよ」

あまりに突然《とつぜん》すぎて、頭《あたま》のなかがまっ白《しろ》になった。

「すぐに返事《へんじ》がほしい、とかそういうことじゃなくてさ。りり花《か》が俺《おれ》の気持《きも》ちを知《し》っておいてくれれば、それでいい」

おだやかな笑顔《えがお》でそう言《い》うと、颯大《そうた》は私《わたし》の頭《あたま》に軽《かる》く手《て》を置《お》いた。

「じゃ、りり花《か》、またな」

私《わたし》の動揺《どうよう》を察《さっ》したのか、颯大《そうた》はいつものように軽《かる》く手《て》をあげて去《さ》っていこうとした。

颯大《そうた》が私《わたし》のことを……？

誰《だれ》よりも強《つよ》くて優《やさ》しい颯大《そうた》は、ずっと私《わたし》のあこがれだった。

自分《じぶん》の強《つよ》さをひけらかすこともせずに、人一倍《ひといちばい》の努力《どりょく》をしている颯大《そうた》のことを尊敬《そんけい》してきた。

「颯大《そうた》、待《ま》って！」

考《かんが》えるより先《さき》に、走《はし》って颯大《そうた》を追《お》いかけていた。


家《いえ》に帰《かえ》ると、玲音《れおん》がソファでうたたねしていた。

部活《ぶかつ》で疲《つか》れてるのかな？

コハク色《いろ》の髪《かみ》にそっと触《ふ》れると、くすぐったそうな顔《かお》をして玲音《れおん》が目《め》を覚《さ》ました。

「……りりちゃん？」

「ごめんね、起《お》こしちゃったね」

「んー、いいよ」

ゆっくりと体《からだ》を起《お》こすと、玲音《れおん》が「おかえり」と寝《ね》ぼけまなこでつぶやいて。

「ちゅっ♡」

ふわりと玲音《れおん》の唇《くちびる》が、私《わたし》の唇《くちびる》に重《かさ》なった。

無言《むごん》のまま固《かた》まっていると、玲音《れおん》が不安《ふあん》そうに私《わたし》の顔《かお》をのぞきこむ。

「り、りりちゃん？」

「……え？」

「俺《おれ》、キスしちゃったんだけど、……いいの？」

「……あ、えっと、」

「平手《ひらて》うちとか、しなくていいの？」

「そ、そっか……」

ぽかんとしている玲音《れおん》を残《のこ》して、ふらふらと自分《じぶん》の部屋《へや》に戻《もど》った。

部屋《へや》のドアを背中《せなか》でバタンと閉《し》めて、ほっぺたに手《て》を当《あ》てる。

顔《かお》が、熱《あつ》い。心臓《しんぞう》の鼓動《こどう》がうるさくて、ふわふわする。

玲音《れおん》の前髪《まえがみ》が触《ふ》れるほどに近《ちか》かった。

目《め》をつぶった玲音《れおん》があまりにきれいで、なにも考《かんが》えられなくなった。

思《おも》いだすと恥《は》ずかしくてたまらなくて、頭《あたま》をぶんぶんとふる。

立《た》っているのも苦《くる》しいくらいにドキドキして、ずるずるとしゃがみこんだ。

……颯大《そうた》があんなこと言《い》うからだ。

ベッドにごろんと転《ころ》がって天井《てんじょう》を見《み》つめた。


夜中《よなか》、ふと目《め》をさますと、人《ひと》の気配《けはい》を感《かん》じた。

あれ？

暗闇《くらやみ》で目《め》をこらして見《み》えてきたのは、すやすやと眠《ねむ》る玲音《れおん》の……寝顔《ねがお》？

ひ、ひえっーっ!!

「な、な、なんで玲音《れおん》がここで寝《ね》てるの？」

「んー、りりちゃんの様子《ようす》がおかしかったから。おばさんたちがアメリカ行《い》っちゃって、やっぱりさみしいのかなと思《おも》って。だから、そい寝《ね》……しにきた」

「そ、そっか」

じゃなくて!!　そい寝《ね》とかいらないからっ!!

「おやすみ、りりちゃん」

半分《はんぶん》寝《ね》ぼけながら私《わたし》のおでこにキスをすると、玲音《れおん》はまたすやすやと眠《ねむ》ってしまった。

こんなことされたら、ますます眠《ねむ》れないってばっ!!

寝《ね》ぼけた玲音《れおん》が、抱《だ》きまくらを抱《だ》くように私《わたし》に両手《りょうて》を回《まわ》す。

玲音《れおん》に抱《だ》きしめられて、とまどいながらも玲音《れおん》の胸《むね》に顔《かお》をうずめた。

「おはよ、りりちゃん。朝《あさ》だよ？」

耳元《みみもと》にひびく甘《あま》い声《こえ》に、重《おも》いまぶたを必死《ひっし》にこじあける。

「りりちゃん、よく眠《ねむ》れた？」

なんとか目《め》を開《ひら》くと、間近《まぢか》にせまるの

は……玲音《れおん》の顔《かお》？

「うわわっ⁉　な、な、なにしてるのっ⁉」

「だって、りりちゃん、なかなか起《お》きないから」

玲音《れおん》の顔《かお》が近《ちか》すぎて、息《いき》が止《と》まりそうになる。

「あのさ、最近《さいきん》、りりちゃん変《へん》だよ？　どうしたの？」

「変《へん》って、な、なにがっ⁉」

「だって、いつもなら容赦《ようしゃ》なくパーンって平手《ひらて》がとんでくるのに」

か、顔《かお》が、近《ちか》いっ‼　近《ちか》すぎるっ‼

「ど、ど、どうもしないっ！　それより勝手《かって》に部屋《へや》に入《はい》ってこないでっていつも言《い》ってるでしょっ！　着《き》がえるから出《で》ていって！」

ドスドスと玲音《れおん》を蹴《け》とばして部屋《へや》から追《お》いだすと、熱《あつ》くなったほっぺたに手《て》をあてた。

うう。玲音《れおん》の顔《かお》がまともに見《み》れない……。

颯大《そうた》が変《へん》なこと言《い》うからいけないんだ。

あの日《ひ》の颯大《そうた》との会話《かいわ》が頭《あたま》から離《はな》れない。

颯大《そうた》に告白《こくはく》されたあの日《ひ》。走《はし》って颯大《そうた》を追《お》いかけた。

「待《ま》って、颯大《そうた》!!」

ふりかえり足《あし》を止《と》めた颯大《そうた》を、まっすぐに見《み》つめた。

「颯大《そうた》、ごめん。私《わたし》、颯大《そうた》とはつきあえない」

驚《おどろ》く颯大《そうた》に大《おお》きく息《いき》を吸《す》って、続《つづ》けた。

「颯大《そうた》のことを、ずっと尊敬《そんけい》してきた。今《いま》でも颯大《そうた》のことは誰《だれ》よりもすごいと思《おも》ってる」

私《わたし》の正直《しょうじき》な気持《きも》ちだった。

「でも、俺《おれ》じゃダメなんだ？」

「私《わたし》、誰《だれ》かとつきあうとか、あんまり考《かんが》えたことがなくて、正直《しょうじき》よくわからないの」

「誰《だれ》か好《す》きな人《ひと》がいる、とか？」

だまって首《くび》を横《よこ》にふる。

「それじゃ、納得《なっとく》いかないな」

軽《かる》い口調《くちょう》でそう言《い》うと、颯大《そうた》は私《わたし》の顔《かお》をのぞきこんだ。

「りり花《か》さ、玲音《れおん》くんのこと、どう思《おも》ってる？」

「……え？」

「玲音《れおん》くんのこと、男《おとこ》として好《す》きなのかどうか知《し》りたい」

真剣《しんけん》なまなざしの颯大《そうた》にとまどいながら答《こた》えた。

「玲音《れおん》とは小《ちい》さいころからずっと一緒《いっしょ》にいて、家族《かぞく》みたいな関係《かんけい》だよ。だから、好《す》きか嫌《きら》いかって聞《き》かれたらもちろん好《す》きだけど、でも、それって颯大《そうた》の言《い》ってる『好《す》き』って気《き》持《も》ちとは違《ちが》うんじゃないかな」

思《おも》ったまま伝《つた》えると、颯大《そうた》は目《め》を細《ほそ》めて私《わたし》を見《み》つめた。

「じゃありり花《か》は、玲音《れおん》くんに恋人《こいびと》ができてもいいんだ？　玲音《れおん》くんに対《たい》する気《き》持《も》ちは、男《おとこ》に対《たい》する『好《す》き』って気《き》持《も》ちとは本当《ほんとう》に違《ちが》う？」

颯大《そうた》の問《と》いに、すぐに答《こた》えることができなかった。

「もし、本当《ほんとう》に違《ちが》うなら、俺《おれ》にももう少《すこ》しがんばらせて。俺《おれ》もこのままじゃ納得《なっとく》できない。いいかげんな気《き》持《も》ちで伝《つた》えたわけじゃないから、りり花《か》もよく考《かんが》えてから答《こた》えを出《だ》してほしい」

颯大《そうた》に言《い》われた言葉《ことば》がぐるぐると頭《あたま》の中《なか》をまわっている。
『玲音《れおん》のことは大好《だいす》きだよ。小《ちい》さいころからずっと大好《だいす》きだよ』
何度《なんど》も玲音《れおん》にくりかえしてきた言葉《ことば》。
あの日以来《ひいらい》、玲音《れおん》の顔《かお》をまともに見《み》ることができなくなった。
玲音《れおん》に緊張《きんちょう》するのもドキドキするのも、玲音《れおん》のことが好《す》きだから？
玲音《れおん》のことを思《おも》う気持《きも》ちは、小《ちい》さいころと変《か》わらないのに？
わからないことだらけのなかで、ひとつだけわかっていることがある。
それは、もう玲音《れおん》のいない生活《せいかつ》なんて考《かんが》えられない、ということ。

それぞれの想《おも》い

次《つぎ》の土曜日《どようび》。

目《め》を覚《さ》ますと、ジャージ姿《すがた》の玲音《れおん》がスポーツバッグに荷物《にもつ》をつめている。

「あれ？　玲音《れおん》、今日《きょう》は部活《ぶかつ》？」

「これから選抜試合《せんばつしあい》があってさ。ウチの学校《がっこう》のグランドでやるんだ。りりちゃんが見《み》に来《き》てくれたらがんばるんだけどなー」

子犬《こいぬ》みたいな顔《かお》で甘《あま》えてくる玲音《れおん》に、どきんっと心臓《しんぞう》が飛《と》びはねる。

「ご、ごめん、今日《きょう》は沙耶《さや》ちゃんと出《で》かける予定《よてい》があるから！」

今《いま》、玲音《れおん》の試合《しあい》を見《み》たら、心臓《しんぞう》がもたない気《き》がするし！

「えー、せっかく選抜《せんばつ》メンバーに選《えら》ばれたのにな。お弁当《べんとう》の差《さ》しいれとかあったらがんばれるのになー！」

そう言《い》って時計《とけい》を見《み》た玲音《れおん》が飛《と》びあがった。

「やべっ！　遅刻《ちこく》するっ！　じゃ、りりちゃん、行《い》ってくるねー！」

バタバタと玲音《れおん》が出《で》ていくと、沙耶《さや》ちゃんからメッセージが届《とど》いた。

『りり花《か》、ごめん！　この前《まえ》の英語《えいご》のテスト、追試《ついし》で呼《よ》びだされた！　土曜《どよう》の午前中《ごぜんちゅう》に呼《よ》びだすなんて、英語《えいご》の砂川《すなかわ》、悪魔《あくま》！』

そんな沙耶《さや》ちゃんに『また今度《こんど》、遊《あそ》びに行《い》こう』と返事《へんじ》をすると、ふーっとため息《いき》をついた。

さて、どうしよう。

ちょっとだけ、玲音《れおん》の試合《しあい》を観《み》に行《い》ってみようかな？

バスを降《お》りると、他校《たこう》の制服《せいふく》を着《き》たサッカー部《ぶ》の集団《しゅうだん》がぞろぞろと校門《こうもん》に向《む》かって歩《ある》いていた。

……結局《けっきょく》、お弁当《べんとう》、作《つく》っちゃった。

玲音《れおん》の好《す》きなものをつめすぎて、お弁当箱《べんとうばこ》がずっしりと重《おも》い。

でも、ほら、選抜《せんばつ》のメンバーになったって言《い》ってたし！

じりじりと強《つよ》い日差《ひざ》しが地面《じめん》を照《て》りつけて、おでこににじむ汗《あせ》をぬぐった。

校門《こうもん》を抜《ぬ》けると、見《み》なれない制服《せいふく》を着《き》た女《おんな》の子《こ》たちがグラウンドの周《まわ》りを陣《じん》どっている。

グラウンドを見《み》まわすと、

「りり花《か》！」

選抜《せんばつ》の青《あお》いユニフォームを着《き》た玲音《れおん》が、うれしそうな顔《かお》で走《はし》ってくる。

「りり花《か》、来《き》てくれたんだ！」

あれ……？

「玲音《れおん》、どうしたの？」

めずらしく、玲音《れおん》の表情《ひょうじょう》がかたい。

「んー、今日《きょう》、大会《たいかい》の初戦《しょせん》なんだけど、相手強豪校《あいてきょうごうこう》だし、選抜《せんばつ》メンバー入《い》りした二年《にねん》は俺《おれ》だけで、結構緊張《けっこうきんちょう》してて……。だからさ、りり花《か》、力《ちから》をかして」

返事《へんじ》をする間《ま》もなく、両手《りょうて》を広《ひろ》げた玲音《れおん》に、ぎゅうっと抱《だ》きしめられた。

「ひゃっ!!」

ドキドキしすぎて、こ、このままだと心臓《しんぞう》がこわれちゃうっ！

と、思《おも》ったそのとき。

ユニフォームごしに、玲音《れおん》の心臓《しんぞう》の音《おと》がトクトクトクと、聞《き》こえてきた。

「……マジで、やばい」

玲音《れおん》の声《こえ》が緊張《きんちょう》でかすれている。

「りり花《か》、最後《さいご》まで見《み》ててくれる？」

玲音《れおん》の胸《むね》のなかで、コクコクとうなずいた。

そのとき、「如月《きさらぎ》！　始《はじ》まるぞっ！」と、玲音《れおん》を呼《よ》ぶ声《こえ》がした。

玲音《れおん》が大《おお》きく息《いき》を吸《す》い、顔《かお》をあげる。

「よしっ！　これで大丈夫《だいじょうぶ》。りり花《か》、ありがと」

コハク色《いろ》の髪《かみ》をかきあげて玲音《れおん》がグラウンドに走《はし》りだす。

「りり花《か》、絶対《ぜったい》に勝《か》つから!!　よく見《み》とけよっ!!」

キラキラとかがやく玲音《れおん》の笑顔《えがお》にドキリとして、息《いき》が止《と》まるかと思《おも》った。

試合《しあい》が始《はじ》まると、玲音《れおん》にボールがわたるたびに悲鳴《ひめい》にも似《に》た歓声《かんせい》があがる。

「ねえ！　あの、ブルーのユニフォーム着《き》てる背《せ》の高《たか》い子《こ》、かっこいいっ！」

そんな声《こえ》があちらこちらから聞《き》こえてくる。

うん、たしかに玲音《れおん》はバツグンにかっこいい。

グラウンドをかけまわる玲音《れおん》から、目《め》が離《はな》せないもん。

玲音《れおん》がゴールを目指《めざ》せば、ボールはまっすぐゴールネットに吸《す》いこまれていく。

立《た》てつづけにシュートを決《き》めたせいで、玲《れ》音《おん》に対《たい》する相手《あいて》チームのあたりが強《つよ》くなり、玲《れ》音《おん》が大《おお》きくバランスをくずした。

前《まえ》のめりにたおれる寸前《すんぜん》に、土《つち》ぼこりをあげて立《た》ちあがった玲《れ》音《おん》は、そのままするどい角度《かくど》からシュートを決《き》めた。

大《おお》きな歓声《かんせい》があがり、グラウンドにいる玲《れ》音《おん》と目《め》が合《あ》う。

その瞬間《しゅんかん》、周囲《しゅうい》の音《おと》が消《き》え、うれしそうに笑《わら》う玲《れ》音《おん》がキラキラとまぶしくて、ふいに涙《なみだ》がこぼれた。

玲《れ》音《おん》が次々《つぎつぎ》とシュートを決《き》めたこともあり、無事《ぶじ》に初戦突破《しょせんとっぱ》で試合終了《しあいしゅうりょう》した。

「りり花《か》！　どうだった⁉」

玲《れ》音《おん》は先輩《せんぱい》たちとハイタッチをかわすと、すぐに私《わたし》に向《む》かって走《はし》ってきた。

砂《すな》のついた玲《れ》音《おん》のおでこに、汗《あせ》が光《ひか》っている。

「うん、あのね、えっと」

すごくカッコよかったよ、って伝《つた》えたいのに胸《むね》がいっぱいでうまく伝《つた》えられない。

すると、玲《れ》音《おん》が私《わたし》の手元《てもと》のカバンに目《め》をとめた。

「もしかして、それ俺《おれ》の弁当《べんとう》⁉」

「うんっ」

「やったっ！　本当《ほんとう》に差《さ》しいれ持《も》ってきてくれたんだ！」

こんなに喜《よろこ》んでくれるなら、お弁当作《べんとうつく》ってきてよかったぁ。

「俺《おれ》、汗《あせ》でドロドロになっちゃったから、ちょっと着《き》がえてくる！　一緒《いっしょ》に食《た》べよっ！」

そう言《い》って玲音《れおん》が部室《ぶしつ》へ走《はし》っていくと、マネージャーらしき女《おんな》の子《こ》に声《こえ》をかけられた。

「マネージャーの畠山《はたけやま》です。その荷物《にもつ》って、如月先輩《きさらぎせんぱい》のお弁当《べんとう》ですか？」

うなずくと、暗《くら》い目《め》つきでにらまれた。

「彼女気《かのじょき》どりで、ほんっと、ムカつく」

「私《わたし》、彼女《かのじょ》じゃ……」

「ただの幼《おさな》なじみ……とでも言《い》うつもりですか？　彼女《かのじょ》じゃないなら、試合《しあい》なんて観《み》に来《こ》ないで！　すごく目ざわり！」

「あ！」と思《おも》ったときには、畠山《はたけやま》さんは、私《わたし》からカバンをとりあげて玲音《れおん》のお弁当箱《べんとうばこ》を床《ゆか》にたたきつけていた。

「ひどい……どうして、こんなこと……」

お弁当箱《べんとうばこ》からハンバーグが転《ころ》がり、卵焼《たまごや》きやからあげがほこりにまみれている。

ぼうぜんとしていると畠山《はたけやま》さんが冷《つめ》たく顔《かお》をそむけた。

「如月先輩《きさらぎせんぱい》、体調《たいちょう》くずして横《よこ》になってるから、こんなもの食《た》べられませんよ」

「玲音《れおん》が？」

ついさっきまで、あんなに元気《げんき》だったのに？

「今日《きょう》、すごく暑《あつ》いから、熱中症《ねっちゅうしょう》かもしれませんね。誰《だれ》かさんが見《み》に来《き》たせいで、如月《きさらぎ》先輩《せんぱい》、バカみたいにはりきってたから。本当《ほんとう》に、吉川先輩《よしかわせんぱい》って迷惑《めいわく》な人《ひと》ですよね！」

吐《は》きすてるようにそう言《い》った畠山《はたけやま》さんを、じっと見《み》つめる。

「玲音《れおん》はどこにいるの？」

「今日《きょう》、保健室《ほけんしつ》は使《つか》えないので、ほかの場所《ばしょ》で休《やす》んでもらってます」

「他《ほか》の場所《ばしょ》ってどこ？」

「……こっちです」

歩《ある》きはじめた畠山《はたけやま》さんに、ためらいながらもついていった。

お弁当《べんとう》、どうしよう……。

玲音《れおん》、お弁当《べんとう》を楽《たの》しみにしていたから、がっかりするだろうな……。

校舎《こうしゃ》の周《まわ》りを少《すこ》し歩《ある》いただけで、強《つよ》い日差《ひざ》しにふらっとする。

「この倉庫《そうこ》、中《なか》は涼《すず》しいからこういうとき、よく使《つか》うんです」

畠山《はたけやま》さんに連《つ》れていかれたのは、校舎《こうしゃ》の裏手《うらて》にあるさびれた倉庫《そうこ》だった。

本当《ほんとう》に玲音《れおん》はここにいるのかな……？

とびらに手《て》をかけて、びくともしないその重《おも》さに驚《おどろ》いた。

「そのとびらすごく重《おも》いから、さすがに吉川先輩《よしかわせんぱい》でも片手《かたて》では無理《むり》だと思《おも》いますよ」

しかたなく荷物《にもつ》を置《お》いて、両手《りょうて》でそのとびらを開《あ》けると、蒸《む》し暑《あつ》い空気《くうき》が流《なが》れてくる。

熱中症《ねっちゅうしょう》かもしれないのに、こんな暑《あつ》いところで休《やす》んでるの？

なんだか、おかしい……と思《おも》いながら一歩足《いっぽあし》をふみいれたところで、ドンッと強《つよ》く背中《せなか》を押《お》された。

あ……！

前《まえ》のめりにたおれると同時《どうじ》に、背後《はいご》でガラガラととびらの閉《し》まる音《おと》がする。

気《き》づいたときには遅《おそ》かった。

とびらを開《あ》けようと思《おも》っても、外《そと》から施錠《せじょう》されたのか、びくともしない。

ぐるりと見《み》まわすと、ほこりっぽいその倉庫《そうこ》に窓《まど》はなく、天井《てんじょう》にそなえつけられた天《てん》窓《まど》からは強《つよ》い日差《ひざ》しが差《さ》しこんでいる。

入《い》り口《ぐち》にかけられた温度計《おんどけい》は三十九度《さんじゅうきゅうど》を指《さ》していた。
このまま、ここにいるのは、ちょっとマズイかも……。
すこし動《うご》くだけでも汗《あせ》がふきだしてくる。
スマホで……と思《おも》っても、荷物《にもつ》は全部《ぜんぶ》とびらの外《そと》。
あまりの暑《あつ》さに頭《あたま》がクラクラした。
じっとしていても、汗《あせ》がダラダラと流《なが》れていく。
頭《あたま》がぼうっとして立《た》っているのが辛《つら》くなって、壁《かべ》にもたれかかる。
あー、もう、なにしてるんだろう。
ちょっと玲音《れおん》を見《み》たかっただけなのにな。
玲音《れおん》は大丈夫《だいじょうぶ》なのかな……。
視界《しかい》がぼんやりとゆれて、意識《いしき》が遠《とお》のいていく。
膝《ひざ》の力《ちから》が抜《ぬ》けて、ガクンと床《ゆか》に崩《くず》れおちた。
私《わたし》、このまま死《し》んじゃうのかな……。
うすらいでいく意識《いしき》の中《なか》、思《おも》いうかぶのは玲音《れおん》の笑顔《えがお》だった。
もし死《し》んじゃうなら、最後《さいご》に、玲音《れおん》に会《あ》いたかったな。

今日《きょう》の玲音《れおん》は、すごくかっこよかったよって、言《い》ってあげたかった。

今日《きょう》の玲音《れおん》……？　ううん、玲音《れおん》はいつもかっこいい。

大人《おとな》びた表情《ひょうじょう》も、優《やさ》しく笑《わら》っている顔《かお》も、甘《あま》えてくる玲音《れおん》も、大好《だいす》き……。

玲音《れおん》に、好《す》きだよって伝《つた》えたかった……。

もっと、玲音《れおん》と一緒《いっしょ》に……いたかったな……。

遠《とお》のく意識《いしき》の中《なか》、玲音《れおん》の声《こえ》が聞《き》こえた気《き》がした。


かすみがかった視界《しかい》にぼんやりと玲音《れおん》がうつる。

ここは、保健室《ほけんしつ》……？

「**りり花《か》!!**」

強《つよ》く玲音《れおん》に抱《だ》きしめられて、ほっとする。

いつも、私《わたし》を助《たす》けてくれるのは、玲音《れおん》だね……。

「よかった、りり花《か》、よかった。もう、大丈夫《だいじょうぶ》か？」

「……すこし、頭《あたま》が痛《いた》いくらい」

すると、視界《しかい》のすみに、泣《な》きはらした顔《かお》の畠山《はたけやま》さんがいた。

「ごめんなさい！　本当《ほんとう》にごめんなさい！」

保健室《ほけんしつ》の角《かど》で泣《な》きじゃくる畠山《はたけやま》さんが、一歩《いっぽ》こちらに近《ちか》づくと、

「りり花《か》に近《ちか》づくなっ！」

玲音《れおん》が畠山《はたけやま》さんをどなりつけた。

「お前《まえ》、自分《じぶん》がなにしたかわかってる？　謝《あや》ればすむ話《はなし》じゃない。命《いのち》にかかわるようなことだぞ。それに、りり花《か》になにかしたら許《ゆる》さないって、言《い》ったよな？」

怒《いか》りに声《こえ》をふるわせて、今《いま》にも畠山《はたけやま》さんにつかみかかりそうな玲音《れおん》を止《と》める。

「玲音《れおん》、あの、ちょっと待《ま》って！　ちょっとだけ、畠山《はたけやま》さんと話《はなし》をさせて」

「ダメ、こいつ、なにするかわからないから」

「あのね玲音《れおん》、どうしてもアイスが食《た》べたい。買《か》ってきてくれない？」

それを聞《き》いた玲音《れおん》は、私《わたし》の顔《かお》と畠山《はたけやま》さんの顔《かお》を交互《こうご》に見《み》つめて、あきらめたようにお財布《さいふ》に手《て》をのばした。

それから、「なにかあったらすぐに鳴《な》らして」と、スマホを私《わたし》の手元《てもと》に置《お》いた。

「畠山《はたけやま》、これ以上《いじょう》りり花《か》になにかしたら、本当《ほんとう》にただじゃすまないからな。わかってるよな。俺《おれ》は絶対《ぜったい》に、お前《まえ》のことを許《ゆる》さない」

そう言《い》いおいて玲音《れおん》が保健室《ほけんしつ》を出《で》ていくと、畠山《はたけやま》さんとふたりきりになった。

「ごめんなさい……。本当《ほんとう》にごめんなさい。ちょっと困《こま》らせようと思《おも》っただけだったのに……」

取《と》りみだした畠山《はたけやま》さんの姿《すがた》に、それは本当《ほんとう》だったんだろうと思《おも》う。

「吉川先輩《よしかわせんぱい》がいないことに気《き》づいた如月先輩《きさらぎせんぱい》が、吉川先輩《よしかわせんぱい》のことを必死《ひっし》でさがしてて。そんな如月先輩《きさらぎせんぱい》を見《み》てたら、怖《こわ》くなって、私《わたし》が閉《と》じこめたなんて、言《い》えなくなって……」

そう言《い》って、泣《な》きはじめた畠山《はたけやま》さんを怒《おこ》る気《き》にはならなかった。

「もう、いいよ。私《わたし》は大丈夫《だいじょうぶ》だから。それに畠山《はたけやま》さんのおかげで、私《わたし》にとって玲音《れおん》がどれだけ大切《たいせつ》な存在《そんざい》なのか、よくわかったの」

そこまで伝《つた》えると、ゆっくりと体《からだ》を起《お》こす。

まだ、頭《あたま》がガンガンと痛《いた》む。

「でも、これだけは約束《やくそく》して」

力《ちから》をふりしぼり、じっと畠山《はたけやま》さんを見《み》つめる。

「もし、同《おな》じことを玲音《れおん》にしたら、絶対《ぜったい》に許《ゆる》さない」

それを聞《き》くと、畠山《はたけやま》さんが唇《くちびる》をゆがめた。

「ふたりとも、同《おな》じこと言《い》うんですね」

「同《おな》じこと？」

「もう、じゅうぶんです。今後《こんご》いっさい、如月先輩《きさらぎせんぱい》にも吉川先輩《よしかわせんぱい》にも、近《ちか》づきません。私《わたし》がどれだけがんばっても、ふたりのジャマをすることなんてできないって、わかりましたから。……ひどいことをして、本当《ほんとう》にごめんなさい」

そう言《い》って力《ちから》なく頭《あたま》をさげると、畠山《はたけやま》さんは保健室《ほけんしつ》を出《で》ていった。

すると、すぐに玲音《れおん》が走《はし》って戻《もど》ってきた。

「りり花《か》、アイス買《か》ってきたよ」

「ありがとう」

アイスクリームを受《う》けとると、泥《どろ》だらけの玲音《れおん》の顔《かお》を手《て》のひらでそっと包《つつ》んだ。

「玲音《れおん》、いつも、私《わたし》を助《たす》けてくれてありがとう」

まっすぐに玲音《れおん》を見《み》つめて伝《つた》えた。

「それから、今日《きょう》の試合《しあい》、すごくかっこよかったよ」

「りり花《か》が見《み》てくれたから、がんばったんだよ。りり花《か》も、俺《おれ》が見《み》つけるまで、よくがんばったな」

保健室《ほけんしつ》のベッドのうえで、玲音《れおん》と視線《しせん》がからむ。

玲音《れおん》のやわらかいまなざしに包《つつ》まれて、心《こころ》を決《き》める。

ちゃんと、玲音《れおん》に「好《す》き」って伝《つた》えよう。

伝《つた》えられないまま終《お》わってしまうのは、もういやだ。

「あのね、玲音《れおん》、聞《き》いて」

じっと見《み》つめる玲音《れおん》に言葉《ことば》をつむぐ。

「私《わたし》ね、玲音《れおん》のこと……、その、玲音《れおん》と同《おな》じき、きも……きもっ……」

「りり花《か》！　気持《きも》ち悪《わる》いのか⁉　ちょっと待《ま》ってろ、今《いま》、洗面器《せんめんき》持《も》ってくるから！　吐《は》き気《け》がしたら救急車《きゅうきゅうしゃ》呼《よ》べって言《い》われてるんだよっ」

「ち、違《ちが》う、違《ちが》うよ、玲音《れおん》！　お願《ねが》い、落《お》ちついて。ここに座《すわ》って」

洗面器《せんめんき》をかかえた玲音《れおん》とあらためて向《む》きあう。

「えっとね、玲音《れおん》」

玲音《れおん》の優《やさ》しい瞳《ひとみ》をじっと見《み》つめる。

「私《わたし》、玲音《れおん》のことが……ずっと、あの……す、す」

恥《は》ずかしくて体《からだ》がかあっと熱《あつ》くなる。

すると、そんな私《わたし》を見《み》て玲音《れおん》が青《あお》ざめた。

「りり花《か》！　顔《かお》がまっ赤《か》になってるっ！　やっぱり病院《びょういん》行《い》かなきゃダメだ！　今《いま》、顧問《こもん》呼《よ》んでくるっ！」

えっと、玲音《れおん》、ちがうの……。

「お願《ねが》い、私《わたし》の話《はなし》を最後《さいご》まで聞《き》いて……」

あわてて保健室《ほけんしつ》から飛《と》びだしていった玲音《れおん》につぶやいた。

～玲音side《れおんサイド》～

あのあと、念《ねん》のためりり花《か》を病院《びょういん》に連《つ》れていった。

さいわい体《からだ》に異常《いじょう》はなかったけれど、あれからりり花《か》の様子《ようす》がおかしい。

キレのある平手《ひらて》もとんでこないし、目《め》も合《あ》わせてくれない。

微妙《びみょう》に避《さ》けられてるような気《き》さえする。

まさか好《す》きな奴《やつ》ができたとか？　いや、そんなことはありえない。

だって、りり花《か》の周《まわ》りにそんな男《おとこ》いないし。

なぜなら俺《おれ》がかたっぱしからジャマしているから。

ひとりだけジャマしきれてない奴《やつ》がいるけど……。

でも、最近《さいきん》は道場《どうじょう》に行《い》ってるって話《はなし》も聞《き》かないし、りり花《か》にかくしごとができるとも思《おも》えない。

部活《ぶかつ》の帰《かえ》り道《みち》、あれこれ考《かんが》えながらマンションに向《む》かって歩《ある》いていると、エントランスの前《まえ》に学《がく》ラン姿《すがた》の颯大《そうた》がいた。

「こんなところでなにしてるんすか？」

声《こえ》をかけると、驚《おどろ》いたように颯大《そうた》がふりむいた。

「りり花《か》なら今日《きょう》は遅《おそ》くなるって言《い》ってたから、しばらく帰《かえ》ってこないと思《おも》います」

「そっか。じゃ、帰《かえ》るよ」

「……いいんですか？」

あっさり帰《かえ》ろうとした颯大《そうた》を思《おも》わず引《ひ》きとめた。

「ちょっとりり花《か》の顔《かお》を見《み》たくなっただけだから」

颯大《そうた》にまっすぐに見《み》すえられて、負《ま》けずに視線《しせん》に力《ちから》をこめる。

すると、颯大《そうた》が表情《ひょうじょう》をゆるめた。

「俺《おれ》はさ、負《ま》け試合《じあい》だってわかってても逃《に》げたりしない。ただ、これはちょっと違《ちが》うのかもしれないな」

「なんのことですか？」

眉《まゆ》を寄《よ》せた俺《おれ》に、颯大《そうた》はおだやかな声《こえ》で続《つづ》けた。

「つまりさ、玲音《れおん》くんにはかなわないってことだよ」

「は？」

「ちょっとだけ話《はな》せる？」

返事《へんじ》のかわりにうなずくと、颯大《そうた》とマンション裏《うら》の公園《こうえん》まで歩《ある》いた。

古《ふる》ぼけた木《き》のベンチに座《すわ》って、颯大《そうた》に確認《かくにん》する。

「俺《おれ》じゃなくて、りり花《か》に会《あ》いにきたんですよね？」

「玲音《れおん》くんは俺《おれ》がりり花《か》とふたりで会《あ》ってもいいの？」

「りり花《か》に会《あ》わないでほしいって言《い》ったら、帰《かえ》ってくれるんですか？」

俺《おれ》の問《と》いには答《こた》えないまま、颯大《そうた》が苦笑《にがわら》いした。

「俺《おれ》さ、この前《まえ》りり花《か》に告《こく》ったんだよ」

……は⁉

「りり花《か》から聞《き》いてない？」

颯大《そうた》に会《あ》ったことすら知《し》らなかった。

「りり花《か》はなんて答《こた》えたんですか？」

ふるえる声《こえ》を必死《ひっし》でおさえる。

りりちゃん、なんで、俺《おれ》になにも言《い》わないんだよっ。

「りり花《か》、すごく困《こま》ってた。ま、玲音《れおん》くんが弟《おとうと》じゃないって聞《き》いたときから、なんとなくわかってはいたんだけどさ。この前《まえ》も焼肉屋《やきにくや》の外《そと》でずっと、りり花《か》のこと待《ま》ってたんだろ？」

「……心配《しんぱい》だったんで」

思《おも》わず本音《ほんね》をこぼした。

「俺《おれ》はさ、ガキのころからあたりまえのようにりり花《か》の隣《となり》にいて、りり花《か》に大切《たいせつ》にされてる玲音《れおん》くんがずっとうらやましかったよ」

「俺《おれ》は……」

俺《おれ》は、『颯大《そうた》は強《つよ》い。颯大《そうた》はすごい』って、りり花《か》に尊敬《そんけい》されてる颯大《そうた》がずっとうらやましかった。

りり花《か》に男《おとこ》を近《ちか》づけないようにすることはできても、りり花《か》の心《こころ》のなかの颯大《そうた》を追《お》いだすことまではできなかったから。

暗《くら》くなりはじめた空《そら》をあおぐと、颯大《そうた》はベンチから立《た》ちあがった。

「りり花《か》を困《こま》らせるのがわかってるのに、これ以上余計《いじょうよけい》なことを言《い》うつもりはないよ」

「俺《おれ》は、たとえりり花《か》を困《こま》らせるってわかってても、りり花《か》をほかの男《おとこ》のところになんか行《い》かせられない」

語気《ごき》を強《つよ》めると、颯大《そうた》は目《め》を細《ほそ》めて俺《おれ》を見《み》た。

「俺《おれ》は伝《つた》えることは伝《つた》えた。あとはりり花《か》しだいだよ。もし、玲音《れおん》くんがりり花《か》にとって本当《ほんとう》にただの幼《おさな》なじみでしかないなら、俺《おれ》とつきあってくれって伝《つた》えたよ」

颯大《そうた》の言葉《ことば》に平常心《へいじょうしん》を失《うしな》った。

「なに勝手《かって》なこと言《い》ってんだよっ！」

「俺《おれ》も本気《ほんき》だって言《い》っただろ」

いつもはおだやかで感情《かんじょう》を見《み》せない颯大《そうた》が、するどい目《め》つきで俺《おれ》をにらんだ。

そんな颯大《そうた》に声《こえ》をふりしぼる。

「俺《おれ》は『りり花《か》しだい』なんて思《おも》うことはできない。たとえりり花《か》を困《こま》らせたとしても、りり花《か》を手放《てばな》すなんてできない」

「前《まえ》にも言《い》ったように、決《き》めるのは俺《おれ》たちじゃない。りり花《か》だよ」

そう言《い》いのこすと颯大《そうた》は帰《かえ》っていった。

りり花《か》が最近《さいきん》おかしいのは、颯大《そうた》のせいだったんだ……。

道場《どうじょう》に行《い》くたびにりり花《か》は、目《め》をかがやかせて颯大《そうた》のことを見《み》ていた。

『颯大《そうた》は強《つよ》い。颯大《そうた》はすごい』っていつも颯大《そうた》のことばかり話《はな》していた。

俺《おれ》とりり花《か》は、ただ長《なが》いあいだ一緒《いっしょ》にいるだけ。

りり花《か》がほかの男《おとこ》のところに行《い》かないように、俺《おれ》がりり花《か》をつかんで離《はな》さないだけだ。

でも、りり花《か》の気持《きも》ちは……。

『りり花《か》はいない』なんてウソまでついて颯大《そうた》を追《お》いかえして、俺《おれ》はなにをしてるんだろ……。

俺《おれ》は颯大《そうた》になにひとつ、かなわない。

この先《さき》もずっと

「玲音《れおん》、どうしたの？」

家《いえ》に帰《かえ》ってきてから、玲音《れおん》がなにやら考《かんが》えこんでいる。

「なんでもないよっ。それより、めっちゃ腹減《はらへ》った！　うわっ、春巻《はるま》きうまそ～っ！」

テーブルの上《うえ》に並《なら》んだ夕飯《ゆうはん》を見《み》て、玲音《れおん》はうれしそう。

「玲音《れおん》、あのね……」

『玲音《れおん》のことが好《す》き』って、サラッと言《い》ってみようかな？

「あの……」

「りりちゃん、この春巻《はるまき》めちゃくちゃうまいっ！」

「よかった！　ハハッ……」

ダメだ。

とてもじゃないけど春巻《はるまき》食《た》べながら告《い》えるようなことじゃない。

「りりちゃん、明日《あした》の映画《えいが》、朝起《あさお》きたらすぐに行《い》こうねっ！　りりちゃんとデートちょー楽《たの》しみ！」

そっか、玲音《れおん》とデートかぁ。

明日《あした》のことを考《かんが》えるとドキドキして、恥《は》ずかしくて、そわそわしちゃう。

「りりちゃん、どうしたの？」

「な、なんでもないっ」

玲音《れおん》に背《せ》を向《む》けて呼吸《こきゅう》をととのえた。

玲音《れおん》のことが好《す》きだって、明日《あした》、ちゃんと伝《つた》えよう。

翌朝《よくあさ》、目《め》を覚《さ》ましてリビングに行《い》くと、いきなり玲音《れおん》に抱《だ》きしめられた。

「な、な、なに⁉」

寝《ね》ぼけながらスウェット姿《すがた》の玲音《れおん》を見《み》あげる。

「ちょっとだけ、こうしててもいい？」

息《いき》が苦《くる》しくなるほど強《つよ》く抱《だ》きしめられて不安《ふあん》になった。

おばさんになにかあったのかな？

「玲音《れおん》、どうしたの？」

不安《ふあん》になってたずねると、玲音《れおん》が笑《わら》って答《こた》える。

「ただのりりちゃん不足解消《ぶそくかいしょう》のため……かな？」

「ふざけんなっ！」

玲音《れおん》の頭《あたま》をコツンとたたくとキッチンに向《む》かった。

も、もうっ、急《きゅう》に抱《だ》きしめたりしないでほしいっ。心臓《しんぞう》が破裂《はれつ》しちゃうよっ！

こんな状態《じょうたい》で玲音《れおん》に「好《す》き」なんて言《い》えるのかな。

「りりちゃん、俺《おれ》、ちょっと部室《ぶしつ》に用《よう》があるから、映画館前《えいがかんまえ》で待《ま》ちあわせでいい？」

「うんっ」

恥《は》ずかしくて、玲音《れおん》の顔《かお》を見《み》ることができないまま答《こた》えた。

ひと足先《あしさき》に玲音《れおん》が出《で》かけていくと、普段《ふだん》は着《き》ることのないワンピースを着《き》てグロスをつけた。

今日《きょう》、ちゃんと玲音《れおん》に伝《つた》える。

玲音《れおん》のいない生活《せいかつ》なんて考《かんが》えられないほど、玲音《れおん》は大切《たいせつ》な存在《そんざい》なんだって。

玲音《れおん》と同《おな》じ気持《きも》ちで、私《わたし》は玲音《れおん》のことが、好《す》きなんだって。

鏡《かがみ》のなかの自分《じぶん》の姿《すがた》を何度《なんど》も確認《かくにん》してから、家《いえ》を出《で》た。

いつも一緒《いっしょ》にいるのに、待《ま》ちあわせってだけでなんだかドキドキする。

バスに乗《の》っているあいだもソワソワと落《お》ちつかなかった。

映画館《えいがかん》に向《む》かい、入《い》り口《ぐち》で玲音《れおん》を探《さが》すけれど、姿《すがた》が見《み》あたらない。

どうしたんだろう？

待《ま》ちあわせの時間《じかん》から二十分《にじっぷん》近《ちか》くがすぎたころ、

「りり花《か》？」

と名前《なまえ》を呼《よ》ばれた。

ふりかえると、そこに立《た》っていたのは玲音《れおん》ではなくて颯大《そうた》だった。

「どうして颯大《そうた》がここにいるの？」

きょとんと颯大《そうた》を見《み》あげると、颯大《そうた》が映画《えいが》のチケットを私《わたし》に見《み》せた。

「玲音《れおん》くんからこのチケットもらったんだよ。つうか、いきなり押《お》しつけられた」

意味《いみ》がわからず、颯大《そうた》の手《て》にしているチケットをじっと見《み》つめる。

すると、気《き》まずそうに颯大《そうた》が頭《あたま》をかいた。

「たぶん、玲音《れおん》くん、りり花《か》が俺《おれ》のこと好《す》きだって誤解《ごかい》してる」

「……え？」

「玲音《れおん》くんに、いきなりチケット渡《わた》されて、なにがなんだかわからなくて引《ひ》きとめたんだ。そしたら『りり花《か》のことよろしくおねがいします』って言《い》いのこして、走《はし》って帰《かえ》っちゃったんだよ」

チケットを見《み》つめたまま言葉《ことば》を失《うしな》っていると、颯大《そうた》にポンポンと軽《かる》く頭《あたま》をたたかれた。

「颯大《そうた》、私《わたし》……」

「わかってるよ、玲音《れおん》くんのことが好《す》きなんだろ？」

「うん」

颯大《そうた》をまっすぐに見《み》てうなずいた。

「早《はや》く玲音《れおん》くんのところに行《い》ってあげなよ。それで、りり花《か》も自分《じぶん》の気持《きも》ち、ちゃんと伝《つた》えろよ」

見《み》あげると、颯大《そうた》がすっきりとした顔《かお》で笑《わら》っている。

「あーあ……、俺《おれ》の七年分《しちねんぶん》の片思《かたおも》い終《お》わっちゃったな」

そのつぶやきが切《せつ》なくて、「ごめん」と下《した》を向《む》く。

「そのかわりさ、このチケットもらってもいい？　俺《おれ》もこの映画《えいが》ずっと観《み》たかったんだ」

「**颯大《そうた》、……ありがとう**」

颯大《そうた》に頭《あたま》をさげると、ただ玲音《れおん》に会《あ》いたくて、一心《いっしん》に玲音《れおん》のもとへ走《はし》りだした。

マンションに戻《もど》り、息《いき》をととのえながらドアを開《あ》けると、玲音《れおん》が大《おお》きなボストンバッグを片手《かたて》に立《た》っていた。

「……りり花《か》⁉」

目《め》を見開《みひら》いて驚《おどろ》く玲音《れおん》を、思《おも》いきり平手《ひらて》でたたく。

「……痛《いて》ぇ」

痛《いた》みで目《め》をしばたかせている玲音《れおん》につめよった。

「なんで待《ま》ちあわせに来《こ》なかったの？　どうして勝手《かって》に颯大《そうた》にチケット渡《わた》したの？」

「俺《おれ》が行《い》くより、りり花《か》が喜《よろこ》ぶと思《おも》ったから」

「私《わたし》、そんなことしてほしいなんてひとことも言《い》ってないっ。それに、その荷物《にもつ》はなに？　またただまって出《で》ていくつもりだったの？　どうして玲音《れおん》はひとりで暴走《ぼうそう》しちゃうの？　どうして私《わたし》の話《はなし》を聞《き》いてくれないの？」

「俺《おれ》なりに、りり花《か》の幸《しあわ》せとか考《かんが》えてみたんだよ。でも、やっぱりめちゃくちゃムカつくし……本当《ほんとう》は、りり花《か》のこと、だれにも渡《わた》したくないしっ」

「玲音《れおん》、私《わたし》が好《す》きなのは……。わわっ!!」

言《い》いおわる前《まえ》に、玲音《れおん》に強《つよ》く抱《だ》きしめられた。

「『颯大《そうた》は強《つよ》い。颯大《そうた》はすごい』って、ほかの男《おとこ》の話《はなし》をするりり花《か》のことを、今《いま》まで俺《おれ》がどんな思《おも》いで見《み》てきたと思《おも》ってんだよ……!」

「ねえ、玲音《れおん》、聞《き》いてっ」

「映画《えいが》のチケットを颯大《そうた》にゆずったのだって、りり花《か》が喜《よろこ》ぶと思《おも》ったから。けど、やっぱ無理《むり》。俺《おれ》は、相手《あいて》のために身《み》を引《ひ》くなんてできない。りり花《か》をほかの男《おとこ》のところへなんて行《い》かせない」

「玲音《れおん》っ!　お願《ねが》いだからちょっと待《ま》って!」

「待《ま》たない。もうじゅうぶん待《ま》たされた」

「だから、私《わたし》の話《はなし》を聞《き》いてってば」

「りり花《か》は颯大《そうた》が好《す》きなんだろ。でもそんなの聞《き》きたくないんだよ!」

「だから、違《ちが》うんだってば!　颯大《そうた》のことが好《す》きだなんてひとことも言《い》ってない。玲音《れおん》が勝手《かって》にかんちがいしてるだけだよ!　玲音《れおん》のことが好《す》きだってずっと言《い》ってる!」

「そんなの知《し》ってるよ。十年前《じゅうねんまえ》から変《か》わらず〝かわいい玲音《れおん》〟のことが好《す》きなんだろ。

俺《おれ》が言《い》ってるのはそういう好《す》きじゃないんだよ」

「だから、そういう好《す》きだって言《い》ってるじゃん。このわからず屋《や》っ！」

「わからず屋《や》なのはりり花《か》だろ！　いつになったら俺《おれ》のこと好《す》きになんだよ！」

「だから玲音《れおん》のことが好《す》きだって、さっきから何度《なんど》も言《い》ってる！　玲音《れおん》のバカ!!　玲音《れおん》こそ、道路《どうろ》で女《おんな》の子《こ》といちゃいちゃしてたくせにっ！」

「……は？」

私《わたし》の言葉《ことば》に玲音《れおん》が動《うご》きを止《と》めた。

「私《わたし》が颯大《そうた》のお祝《いわ》い会行《かいい》ったとき、バス停近《ていちか》くの歩道《ほどう》で女《おんな》の子《こ》といちゃいちゃしてた！」

「……なんでりり花《か》がそんなこと知《し》ってるんだよ」

あぜんとしながら玲音《れおん》がつぶやく。

「忘《わす》れ物《もの》して取《と》りに帰《かえ》ったときに、たまたま見《み》ちゃったの！　玲音《れおん》のへんたい！」

「あれは畠山《はたけやま》が家《いえ》に押《お》しかけてきたから説得《せっとく》して追《お》いかえしてただけだよ」

「へー、説得《せっとく》ね？　あんなにベタベタ触《さわ》ってたくせに？　もう玲音《れおん》なんて知《し》らないっ！」

プイッと玲音《れおん》から顔《かお》をそむけると、玲音《れおん》が目《め》をパチクリとさせた。

「……えっと、りり花《か》、それってもしかして、ヤキモチ？」

「へ？」

「りり花《か》が俺《おれ》にヤキモチ……焼《や》いたの？」

……ヤキモチ？

ずっと胸《むね》に引《ひ》っかかっていたこのモヤモヤは、玲《れ》音《おん》にヤキモチ焼《や》いてたから？

……うっ。

気《き》まずい思《おも》いでチラリと玲《れ》音《おん》を見《み》あげる。

「知《し》らないっ！　バカ玲《れ》音《おん》！」

玲《れ》音《おん》の腕《うで》のなかから逃《に》げだすと、部《へ》屋《や》にかけこんで頭《あたま》から布《ふ》団《とん》をかぶった。

もう、やだっ！

玲《れ》音《おん》と一緒《いっしょ》に映画《えいが》に行《い》けるって、楽《たの》しみにしてたのに。

どうしてこんなことになっちゃったんだろう……。

すると、部《へ》屋《や》のドアが開《あ》いて、玲《れ》音《おん》が入《はい》ってくる気配《けはい》がした。

「りり花《か》、その服《ふく》、俺《おれ》のために着《き》てくれたの？」

「知《し》るかっ」

「ちゃんと俺《おれ》に見《み》せて？」

「二度《にど》と見《み》せない！」

布団《ふとん》を頭《あたま》からかぶりながら玲音《れおん》に返事《へんじ》をする。

「りり花《か》、あの日《ひ》俺《おれ》が歩道《ほどう》で話《はな》してたのは畠山《はたけやま》だよ。いきなりマンションに押《お》しかけてきたから帰《かえ》ってもらっただけ」

「玲音《れおん》、あの子《こ》のことベタベタ触《さわ》ってた」

「なかなか帰《かえ》らないから、おどし……じゃなくて……説得《せっとく》してただけだよ」

「………」

「りり花《か》、顔《かお》見《み》せて？」

「絶対《ぜったい》イヤ。玲音《れおん》なんて嫌《きら》いだもん」

「**俺《おれ》はりり花《か》のことが大好《だいす》きだよ？**」

「私《わたし》は玲音《れおん》のことなんて嫌《きら》いっ！　一緒《いっしょ》にいると、わけのわからない気持《きも》ちになるから、やだっ！　小《ちい》さいころのほうがよかった。玲音《れおん》がほかの女《おんな》の子《こ》にキスしてるとこ見《み》て、イヤな気持《きも》ちになることだってなかった！」

「俺《おれ》、りり花《か》以外《いがい》の女《おんな》の子《こ》に、そんなこと絶対《ぜったい》にしないよ。誓《ちか》ってなにもしてない」

「……本当《ほんとう》に？」

布団《ふとん》のなかからおずおずとたずねた。

「ありまえだろ、俺《おれ》は、りり花《か》にしか興味《きょうみ》ない」

そう言《い》って、玲音《れおん》は私《わたし》の手《て》をとると、私《わたし》をベッドの上《うえ》に座《すわ》らせた。

恥《は》ずかしくて下《した》を向《む》いていると、玲音《れおん》がしわくちゃになったワンピースにそっと触《ふ》れた。

「これ、俺《おれ》のために着《き》てくれたの？」

黙《だま》ったままうなずくと、玲音《れおん》の両腕《りょううで》に包《つつ》まれた。

「めっちゃくちゃかわいい。死《し》にそうなくらいりり花《か》がかわいくてたまらない。りり花《か》のことだけが、好《す》きで好《す》きでたまらない」

「……バカ玲音《れおん》」

「バカでもいいよ。りり花《か》がずっと俺《おれ》の隣《となり》にいてくれるなら」

そう言《い》って、玲音《れおん》がコツンと自分《じぶん》のおでこを私《わたし》のおでこにくっつけた。

「りり花《か》、俺《おれ》のところに帰《かえ》ってきてくれてありがとう」

玲音《れおん》の声《こえ》が優《やさ》しくひびく。

「……あのね、玲音《れおん》、ちゃんと聞《き》いてほしいの」

勇気《ゆうき》を出《だ》してぎゅっと玲音《れおん》に抱《だ》きついた。

トクトクと頬《ほお》に伝《つた》わる玲音《れおん》の心臓《しんぞう》の音《おと》を聞《き》きながら、ゆっくりと息《いき》をすった。

「**私《わたし》は、玲音《れおん》のことが……好《す》き**」

玲音《れおん》の胸《むね》のなかでつぶやくと、息《いき》もできないほど強《つよ》い力《ちから》で玲音《れおん》に抱《だ》きしめられた。

〜玲音《れおん》side《サイド》〜

胸《むね》のなかでりり花《か》の声《こえ》がひびく。

「玲音《れおん》と一緒《いっしょ》にいると、ドキドキして苦《くる》しかったの。恥《は》ずかしくて目《め》が合《あ》わせられなかったの」

そうつぶやいたりり花《か》を信《しん》じられない思《おも》いで抱《だ》きしめた。

洋服《ようふく》ごしに、りり花《か》の体温《たいおん》がじんわりと伝《つた》わってくる。

俺《おれ》の胸《むね》のなかにいるりり花《か》が愛《いと》おしくて、その体温《たいおん》が涙《なみだ》が出《で》るほどうれしくて、こわしてしまいそうなほどに強《つよ》く、りり花《か》を抱《だ》きしめた。

りり花《か》が俺《おれ》にドキドキしてくれる日《ひ》が来《く》るなんて、夢《ゆめ》にも思《おも》わなかった。

速《はや》まるりり花《か》の胸《むね》の鼓動《こどう》を感《かん》じて、頭《あたま》がどうにかなりそうだ。

「俺《おれ》は、いつもりり花《か》にドキドキしてるよ」

まっ赤《か》になっているりり花《か》の耳元《みみもと》でささやくと、りり花《か》のふるえる唇《くちびる》を見《み》つめた。

指先《ゆびさき》でりり花《か》の唇《くちびる》にそっと触《ふ》れる。

「りり花《か》、キス……してもいい？」

うなずいてゆっくりと目《め》をつむったりり花《か》の肩《かた》を抱《だ》く。

りり花《か》をのぞきこむようにして、そっと唇《くちびる》を重《かさ》ねた。

りり花《か》の優《やさ》しい唇《くちびる》に、胸《むね》の奥《おく》に熱《あつ》いものがこみあげる。ずっとりり花《か》のことだけを想《おも》ってきたんだ。

「りり花《か》、俺《おれ》をりり花《か》の彼氏《かれし》にしてくれる？」

「うんっ！」

幸《しあわ》せそうに笑《わら》ったりり花《か》を、もう一度《いちど》両手《りょうて》で強《つよ》く抱《だ》きしめた。

「おはよ」

「お、おはよ」

目《め》が覚《さ》めて、顔《かお》を洗《あら》っていると、玲《れ》音《おん》と目《め》が合《あ》った。

ううっ、恥《は》ずかしい……！

「えっと、りりちゃん？」

恥《は》ずかしくて顔《かお》が見《み》られない……。

「りりちゃん、その反応《はんのう》、かえって照《て》れるんだけど」

「じゃ、なぐろっか？」

「それもちょっとね……」

今《いま》さらだけど、ふたりきりなのがとても恥《は》ずかしい。

「じゃ、キスしてもいい？」

「うん」

「え？」

驚《おどろ》いた顔《かお》で玲《れ》音《おん》が目《め》を見《み》開《ひら》いた。

「いいよ」

玲音《れおん》をじっと見《み》つめると、玲音《れおん》が耳《みみ》も顔《かお》も赤《あか》く染《そ》めて、ぱっと目《め》をそらした。

「いいよ、とか言《い》うなよ」

「玲音《れおん》、ずっと……ずっと、一緒《いっしょ》にいようね？」

朝日《あさひ》に包《つつ》まれて、玲音《れおん》の胸《むね》のなかで、おはようのキスをした。


バス停《てい》までの道《みち》を玲音《れおん》と手《て》をつないで歩《ある》く。

手《て》をつないだことなんて何度《なんど》もあるのに、なにかが違《ちが》う。

いつもと変《か》わらない朝《あさ》なのに、目《め》にうつる世界《せかい》がかがやいて見《み》えた。

バスを待《ま》ちながら、じーっと見《み》つめてくる玲音《れおん》にたずねる。

「どうしたの？」

「いや、りりちゃんが本当《ほんとう》に俺《おれ》の彼女《かのじょ》になったんだなって思《おも》うと感慨ぶかくて……」

「それは、……う、うん」

なんだかものすごく照《て》れくさい。

「もうさ、りり花《か》に近《ちか》づく男子《だんし》をあの手《て》この手《て》でジャマしたり、妨害《ぼうがい》したりする必要《ひつよう》ないんだな」

「ジャマしたり妨害《ぼうがい》したりって、なんのこと？」

「あ、いや、なんでもないっ！　忘《わす》れて忘《わす》れて！」

きょとんと玲音《れおん》を見《み》あげると、玲音《れおん》があわてたように目《め》をそらした。


病院《びょういん》に到着《とうちゃく》すると、玲音《れおん》と顔《かお》を見《み》あわせる。

「手《て》つないでいけば母《かあ》さんも察《さっ》するよな？」

「つきあうことになりましたたってわざわざ伝《つた》えるの、なんだか恥《は》ずかしいね？」

うれしいような、それでいてすごく照《て》れくさいような気持《きも》ちで、病室《びょうしつ》に向《む》かった。

玲音《れおん》と手《て》をつないで病室《びょうしつ》に入《はい》ると、いつもと変《か》わらぬ笑顔《えがお》でおばさんが迎《むか》えてくれた。

今《いま》、おばさんの病状《びょうじょう》はとても安定《あんてい》している。

「あら、ふたりが手《て》をつないでいるのなんて久《ひさ》しぶりに見《み》たわ。あなたたち、あいかわらず仲《なか》がいいのね？　いつまでたっても小《ちい》さいころのままね♡」

「……は、ははっ」

「えーっと、あのさ、俺《おれ》たち、じつは、つ……つきあ……」

玲音《れおん》、大丈夫《だいじょうぶ》かな……。

いつになく落《お》ちつきをなくしている玲音《れおん》を、ハラハラしながら見《み》つめていると。

「じつは、俺《おれ》たち、結婚《けっこん》、することになりましたっ！」

——え？

「玲音《れおん》、……なに言《い》ってるの？」

「ち、違《ちが》うっ！　今《いま》のは緊張《きんちょう》しすぎて、言葉《ことば》のあやっつうか、本当《ほんとう》に言《い》い間違《まちが》えた!!」

「はあ!?　普通《ふつう》、そんな間違《まちが》いしないでしょ!?？」

「そうなの？　やっとつきあいはじめたと思《おも》ったら、もう結婚《けっこん》の約束《やくそく》？　まあ、素敵《すてき》！　結婚式《けっこんしき》はいつにするの？　楽《たの》しみだわ〜〜♡」

「……はい？」

ポカンと口《くち》を開《あ》けて、はしゃぐおばさんを見《み》つめる。

「なかなかふたりの関係《かんけい》が進《すす》まないから、りりちゃんのママとヒヤヒヤしてたのよー。さっさと結婚《けっこん》を決《き》めてくれてよかったわ。りりちゃんのドレス、今《いま》から楽《たの》しみ！　私《わたし》も長《なが》生《い》きしなきゃね！　あ、お父《とう》さんにも連絡《れんらく》しないと！」

そそくさとスマホを取《と》りだしたおばさんをあわてて止《と》める。

「ちょ、ちょっと待《ま》って！　おばさん、はげしく誤解《ごかい》してるっ！　私《わたし》たち、結婚《けっこん》の約束《やくそく》なんてしてないっ！　する予定《よてい》もないっ！」

なんとかおばさんの暴走《ぼうそう》を止《と》めて、私《わたし》たちは病院《びょういん》をあとにした。


帰《かえ》りのバスのなかポツリと玲音《れおん》がつぶやく。

「なんかさ、母《かあ》さん、あのままめっちゃくちゃ長生《ながい》きしそうな気《き》がする……」

「私《わたし》もそう思《おも》った。それに、うちのお母《かあ》さんとおばさんって連絡《れんらく》とりあってたんだね」

「今《いま》ごろ、りり花《か》のドレス選《えら》びで盛《も》りあがってたりして」

ふたりでクスクスと笑《わら》いながら顔《かお》を見《み》あわせた。

いつものバス停《てい》で降《お》りると、玲音《れおん》と小《ちい》さいころよく遊《あそ》んだ公園《こうえん》に向《む》かった。

誰《だれ》もいない公園《こうえん》のジャングルジムの上《うえ》で、玲音《れおん》とぴったり隣《とな》りあって座《すわ》る。

夜空《よぞら》を見《み》あげると、おどるように星《ほし》がまたたいている。

月明《つきあ》かりに照《て》らされた玲音《れおん》を見《み》あげると、玲音《れおん》のやわらかいまなざしに包《つつ》まれた。

これまでも、これからも、玲音《れおん》は誰《だれ》よりも大切《たいせつ》な存在《そんざい》。

「**玲音《れおん》、大好《だいす》きだよ**」

まっすぐに玲音《れおん》を見《み》て伝《つた》えると、玲音《れおん》の黒《くろ》くうるんだ瞳《ひとみ》が大《おお》きくゆれた。

「俺《おれ》はその何百倍《なんびゃくばい》も、りり花《か》のことが大好《だいす》きだよ」

玲音《れおん》の甘《あま》い声《こえ》を聞《き》きながら、その日《ひ》、私《わたし》たちは少《すこ》しだけ大人《おとな》のキスをした。

「玲音《れおん》、これからも、ずっとずっと一緒《いっしょ》にいようね」

星空《ほしぞら》の下《した》で誓《ちか》うふたりだけの約束《やくそく》。

「この先《さき》の未来《みらい》も、俺《おれ》とりり花《か》はずっと一緒《いっしょ》だよ」

見《み》つめあい、ふたりで笑《わら》うと、私《わたし》たちを祝福《しゅくふく》するようにはちみつ色《いろ》の月《つき》が優《やさ》しくほほえんだ。

おわり

あとがき

はじめまして碧井《あおい》こなつです。『かわいい幼《おさな》なじみくんにはウラがある!?』を読《よ》んでくれてありがとう！
幼《おさな》なじみのりり花《か》と玲音《れおん》の物語《ものがたり》を考《かんが》えるのはとても幸《しあわ》せな時間《じかん》でした。読者《どくしゃ》のみんなに楽《たの》しんでもらえたらうれしいです。
最後《さいご》に、ここまで読《よ》んでくれた読者《どくしゃ》のみんなへ感謝《かんしゃ》をこめて、その後《あと》のふたりの小《ちい》さなお話《はなし》を書《か》きとめました。よかったら読《よ》んでみてね！

『ふわふわの甘《あま》い朝《あさ》』

～玲音side《れおんサイド》～

振動《しんどう》する目覚《めざ》ましを止《と》め、音《おと》を立《た》てないように起《お》きだすと、卵《たまご》を落《お》としてパンを焼《や》く。

甘《あま》いフレンチトーストを、りり花《か》のために。
ずっとりり花《か》に甘《あま》えてきた俺《おれ》だけど、これからは俺《おれ》の番《ばん》。
たっぷりとりり花《か》を甘《あま》やかして、世界一《せかいいち》の彼氏《かれし》になってみせる。
他《ほか》の誰《だれ》もりり花《か》の視界《しかい》に入《はい》らないように。勉強《べんきょう》だって料理《りょうり》だって、この先《さき》どんなこと
だって、りり花《か》のために極《きわ》めてみせる。
りり花《か》の部屋《へや》のドアを開《あ》けると、ぐっすりと眠《ねむ》るりり花《か》に朝日《あさひ》が差《さ》しこむ。
俺《おれ》の、りり花《か》だ。
幸《しあわ》せそうに眠《ねむ》るりり花《か》に甘《あま》いキスを落《お》として、そっとささやく。
「おはよう、りり花《か》。朝《あさ》だよ」
俺《おれ》たちの甘《あま》い一日《いちにち》が今日《きょう》も始《はじ》まる。

〜りり花side《かサイド》〜

甘《あま》い香《かお》りで目《め》を覚《さ》ますと、すぐ目《め》の前《まえ》に玲音《れおん》の瞳《ひとみ》がせまる。

「玲音《れおん》、ま、まさか、また、勝手《かって》にキスしたの⁉」

「おはよう、りりちゃん」

甘《あま》くほほえむ玲音《れおん》の胸《むね》ぐらを、ぐいっとつかむ。

「だ、か、ら！　無断《むだん》キス禁止《きんし》！って何度《なんど》も言《い》ってるでしょ⁉」

「えー、彼氏《かれし》なのにー？」

……あれ？　なんだかこげくさい……？

「やばい！」

あわてふためく玲音《れおん》を追《お》いかけると、キッチンには無惨《むざん》な姿《すがた》のフレンチトーストが。

「……これ、玲音《れおん》が作《つく》ったの？」

「りりちゃんを喜《よろこ》ばせようと思《おも》ってがんばったのに……」

しょんぼりとうなだれる玲音《れおん》に、キュンっと胸《むね》がはねあがる。

もう、玲音《れおん》はずるいっ。

落《お》ちこむ玲音《れおん》のほっぺたに、そっと唇《くちびる》をくっつけた。

「玲音《れおん》、ありがとう」

目《め》を丸《まる》くして驚《おどろ》く玲音《れおん》に、あわてて背中《せなか》を向《む》けた。だって、恥《は》ずかしすぎる。

「大好《だいす》きだよ、りり花《か》」

赤《あか》くなった顔《かお》を必死《ひっし》でかくす私《わたし》を、玲音《れおん》がぎゅうっと抱《だ》きしめた。

私《わたし》たちの甘《あま》い一日《いちにち》が今日《きょう》も始《はじ》まる。

＊＊＊

最後《さいご》まで読《よ》んでくれたみんな、本当《ほんとう》にありがとう！

読者《どくしゃ》のみんなの毎日《まいにち》が楽《たの》しいものでありますように☆

二〇二五年四月二十日　碧井《あおい》こなつ

著・碧井こなつ（あおい　こなつ）
東京都在住。2014年『獣系男子×子羊ちゃん』で書籍化デビュー。
趣味は寝ることと本を読むこと。中学、高校は硬式テニス部に所属。野いちごジュニア文庫の著書に『ヴァンパイア♡溺愛パラダイス①〜⑥』『もふきゅん♡ベイビー！①〜③』がある。

絵・しろこ
イラストレーター。歌い手やVtuberの動画／グッズイラストを中心に活動中。

かわいい幼なじみくんにはウラがある!?

2025年4月20日 初版第1刷発行

著　　者　碧井こなつ　©Konatsu Aoi 2025
発 行 人　菊地修一
デザイン　北國ヤヨイ（ucai）
発 行 所　スターツ出版株式会社
〒104-0031 東京都中央区京橋1-3-1 八重洲口大栄ビル7F
TEL 03-6202-0386（出版マーケティンググループ）
TEL 050-5538-5679（書店様向けご注文専用ダイヤル）
https://starts-pub.jp/
印 刷 所　株式会社DNP出版プロダクツ

Printed in Japan
ISBN 978-4-8137-8206-3 C8293

本作は2019年9月に小社・ケータイ小説文庫『幼なじみの溺愛が危険すぎる。』として刊行されたものに、加筆・修正したものです。

ファンレターのあて先
〒104-0031　東京都中央区京橋1-3-1 八重洲口大栄ビル7F
スターツ出版（株）書籍編集部 気付
碧井こなつ先生
いただいたお便りは編集部から先生におわたしいたします。

ドキドキ＆胸《むね》きゅんがいっぱい！

野《の》いちごジュニア文庫《ぶんこ》 人気作品《にんきさくひん》の紹介《しょうかい》

あの夏《なつ》の花火《はなび》と、きみの笑顔《えがお》をおぼえてる。

咲妃《さき》・著《ちょ》

小児《しょうに》がんの再発《さいはつ》で、余命《よめい》4カ月《かげつ》と宣告《せんこく》された中《ちゅう》3の澪音《みお》。些細《ささい》なことがきっかけで仲《なか》たがいしていた初恋相手《はつこいあいて》の旭陽《あさひ》と一緒《いっしょ》に文化祭委員《ぶんかさいいいん》をやることになり、変《か》わらない優《やさ》しさに再《ふたた》び惹《ひ》かれていく。一方《いっぽう》の旭陽《あさひ》も、ずっと変《か》わらず澪音《みお》を想《おも》っていて…。別《わか》れの時《とき》が近《ちか》づく中《なか》、ふたりで行《い》った花火大会《はなびたいかい》で澪音《みお》がしたせつなすぎる決断《けつだん》とは…?

ISBN978-4-8137-8204-9

定価《ていか》：902円《えん》（本体《ほんたい》820円《えん》＋税《ぜい》10%）

青春

白神家《しらがみけ》の４兄弟《きょうだい》は手《て》におえないっ！

無月蒼《むつきあお》・著《ちょ》

両親《りょうしん》を亡《な》くし、天涯孤独《てんがいこどく》な中《ちゅう》2の幸奈《ゆきな》は、ひょんなことから最強《さいきょう》のセレブ一家《いっか》・白神家《しらがみけ》に居候《いそうろう》することに。そこで出会《であ》ったのは、美形《びけい》だけどクセ強《つよ》な4兄弟《きょうだい》！　しかも、4兄弟《きょうだい》の誰《だれ》かと結婚《けっこん》しなくちゃいけないってどういうこと…!?　「相手《あいて》、僕《ぼく》にしない？」「俺《おれ》が好《す》きなのは、幸奈《ゆきな》だけだ！」婚約者《こんやくしゃ》の座《ざ》をめぐって恋《こい》の争奪戦《そうだつせん》がスタート！

ISBN978-4-8137-8203-2

定価《ていか》：858円《えん》（本体《ほんたい》780円《えん》＋税《ぜい》10%）

恋愛

地味子《じみこ》の秘密《ひみつ》。②
キケンすぎる黒幕登場《くろまくとうじょう》で大波乱《だいはらん》!?

牡丹杏《ぼたんきょう》・著《ちょ》

㊙《まるひ》でとある特殊任務《とくしゅにんむ》をしていることが、学園《がくえん》のモテ王子《おうじ》・陸《りく》にバレちゃった中《ちゅう》2の杏樹《あんじゅ》。抱《だ》きしめてきたりお姫様《ひめさま》抱っこしてきたり、あいかわらずドキドキさせてくる陸《りく》だけど、杏樹《あんじゅ》は陸《りく》の気持《きも》ちがわからずモヤモヤ…。そんな時《とき》、学校《がっこう》で大事件《だいじけん》が発生《はっせい》!!　意外《いがい》な黒幕《くろまく》が明《あき》らかに！　そして、陸《りく》との関係《かんけい》が急展開《きゅうてんかい》!?　恋《こい》にバトルに大波乱《だいはらん》の第《だい》2巻《かん》！

ISBN978-4-8137-8202-5

定価《ていか》：891円《えん》（本体《ほんたい》810円《えん》＋税《ぜい》10%）

恋愛